LE

POISSON D'AVRIL

6° SÉRIE IN-12

LE
POISSON D'AVRIL

ou

LES SUSCEPTIBILITÉS

D'UN JEUNE MATAMORE

PAR A. DRIOU.

LIMOGES

EUGÈNE ARDANT ET Cᵗᵉ, ÉDITEURS.

LES SUSCEPTIBILITÉS

D'UN JEUNE MATAMORE

1

Gardez-vous de faire aux autres ce que
vous ne voudriez pas que l'on vous fît à
vous!... dit l'Ecriture.

A trompeur, trompeur et demi!... ajoute
le proverbe.

En conséquence de ces sages et prudents
conseils, écoutez, chers lecteurs, et médi-
tez l'histoire que voici :

— Tu me dis quelquefois, ma mère, que
je suis gai comme une matinée de printemps et chantant comme avril... C'est
pour rire, n'est-ce pas, que tu parles de la

sorte? En effet, vois comme la pluie tombe... Et cependant avril est venu, et le printemps devrait se montrer...

— C'est vrai, mon enfant ; néanmoins je ne dis point cela par plaisanterie, mais bien comme une vérité. Quand j'étais jeune, le printemps ne se faisait jamais attendre. Dès le mois de mars, le soleil faisait tout pousser à vue d'œil. Rien n'était plus joyeux. Les nuages gris cédaient la place au plus beau ciel bleu. Mais à présent la verdure se produit plus lentement. Les plantes mettent de la réflexion à poindre ; les arbres, frileux comme des sensitives, livrent pendant des semaines entières leurs bourgeons à la bise et...

— La nature n'est-elle donc plus la même ?

— Tu sais bien que père nous dit que cela tient sans doute à l'inclinaison de l'écliptique qui, d'après lui, aurait varié, c'est-à-dire que l'axe de notre planète Terre serait devenu un peu plus horizontal, chute à peine sensible, mais qui suffit cependant pour altérer les saisons... répondit la voix douce d'une jeune fille qui sembla survenir.

— Bonjour, mère chérie... ajouta la même voix; bonjour, frère.

— Bonjour, mon enfant, ma belle fleur d'or... Viens sur mon cœur... Tu es mon orgueil, toi; tu fais de mes jours des jours de dimanche sans fin, ma Josine...

— Alors, je ne suis que tes jours de semaine, moi, mère?

—Tu es mon bel horizon d'avenir, toi, et tous les deux vous êtes les anges de ma vie...

Ainsi parlaient, le 31 mars d'une année pluvieuse, madame de Luzy et ses deux enfants, Fulbert et Josine, dans un salon de rez-de-chaussée d'une maison de campagne de Fontainebleau, sise quelque peu à l'écart de la ville. Or, Fulbert disait vrai : la matinée, des plus maussades, était loin d'égayer ces pensées. La pluie tombait fine et très froide, et un brouillard épais s'élevait du parc de la villa. Le vent soufflait en s'engouffrant dans les corridors de la maison; il y poussait des gémissements et des plaintes qui attristaient l'âme et faisaient penser aux trépassés. Aussi, afin de se préserver de la froidure et de l'humidité du dehors, un feu clair brûlait dans l'âtre du salon, et déjà madame de Luzy était installée sur une causeuse devant la cheminée, lorsque Fulbert, le premier, était venu lui demander son baiser du matin, puis, après lui, Josine. C'est alors qu'avait commencé l'entretien que je viens de rapporter. Mais au moment où Josine parlait à son frère de l'inclinaison de l'écliptique, était entré le père Jocrin, le jardinier de la villa, gaillard à l'œil fûté, à l'allure prétentieuse, qui salua la maîtresse et les enfants, en ayant l'air de dire : J'en sais bien autrement que vous sur l'écliptique !...

— Voilà une mauvaise journée, père Jocrin... lui dit madame de Luzy.

— Oh! que nenni, Madame... fit le bonhomme. C'est une journée d'or, cela!... La terre avait déjà soif un brin, et le soleil de midi vous tapera là-dessus d'importance, ce qui fera du bien z'aux légumes. *La* légume va joliment rire, allez! Et le petit pois donc! ça poussera dru comme l'*harbe* du pré. Comme le *disient si ben mam'zelle*, c'est la *descendaison de la trique* qui *sont* cause de la *desturbation* des saisons : mais pour ce *qu'est* de la pluie du jour d'aujourd'hui, c'est z'*une* bénédiction...

— Qu'est-ce que vous voulez donc dire par votre *descendaison de la trique*, père Jocrin? demanda le malin Fulbert, d'un air narquois dissimulé sous un masque de bonhomie.

— Eh ben! ce que disait *vot'* sœur, *m'sieur Fribert*, à *savouer* que l'*indicaison de la criptique étint* la cause que le soleil n'a *pus* la force d'autrefois.

Madame de Luzy comprit que son fils allait faire jaser Jocrin plus que de raison, et qu'il y aurait des rires et des lazzis

qui peut-être offenseraient le jardinier.
Elle se hâta donc de donner des ordres au
prétentieux ouvrier et le renvoya. Mais,
tout en quittant le salon, Jocrin profita de
quelques mots dits à sa mère par Josine,
pour s'approcher sournoisement de Fulbert, et lui glisser dans l'oreille :

—Vous m'avez dit de vous avertir...
Eh ben! c'est demain le premier du mois;
gare aux poissons d'avril.

Fulbert jeta mystérieusement un regard de reconnaissance au père Jocrin;
puis son visage prit aussitôt une expression radieuse et méditative. Il alla frapper
des doigts sur la fenêtre, et battit une
marche militaire comme quelqu'un qui n'a
pas exactement la conscience de ce qu'il
fait, et qui creuse une idée. Son œil errait
d'une façon vague et indéterminée sur les
arbres et les pelouses du parc, à demi
voilés par le blanc rideau du brouillard.

—Le père Jocrin nous annonce un brillant soleil pour midi, fit Josine en souriant
à sa mère; nous verrons s'il est habile

dans ses pronostics... Ce serait curieux qu'après une si affreuse matinée il fît beau ce soir...

— Je le croirais volontiers, répondit madame de Luzy, car voici déjà des nuages qui se déchirent, et l'azur du ciel qui fait son apparition sur plusieurs points.

— En tout cas, afin d'attendre patiemment le retour du printemps éclipsé, je vais préparer ma leçon, car voici l'heure où notre professeur va venir... dit encore Josine.

Fulbert n'entendit pas; et pour qu'il se mît à l'étude comme sa sœur, il fallut que madame de Luzy lui répétât à diverses reprises :

— Mon beau rêveur, le travail te réclame...

Fulbert obéit, mais avec lenteur et distraction, comme quelqu'un dont l'esprit est en voyage...

II

Monsieur de Luzy était un agent de change, trop souvent retenu à Paris. Plongé dans ses affaires pendant toute la durée du jour, il ne revenait que le soir à Fontainebleau, par un train rapide, afin de se récréer dans les loisirs de la villégiature et les joies de la famille.

Mais madame de Luzy, pleine de cœur et d'amour pour ses enfants, ne les quittait jamais. Elle se consacrait tout entière à surveiller et à diriger leur éducation. La tâche n'était pas difficile à l'endroit de Josine, jolie petite blonde de dix ans, pieuse, douce, calme, raisonnable et sage enfant, dont tout le bonheur était sa mère, sa mère bien-aimée. Vis-à-vis de Fulbert, l'œuvre était plus difficile et très ardue. Fulbert n'avait que neuf ans. Ses cheveux et ses yeux étaient noirs; son âme aimante, et pourtant volage; mais son caractère se révélait à chaque

instant fantasque, orgueilleux, susceptible et défiant. Aimant beaucoup à tromper les autres et jouissant sans mesure des
petites fourberies dont il les rendait victimes, il se persuadait alors qu'on voulait,
qu'on cherchait aussi à le tromper... L'imagination ainsi montée, l'ombrageuse vanité
de notre lutin, dans la crainte d'une humiliation qui l'eût rendu très malheureux,
le faisait se tenir constamment sur ses
gardes. Mais quelle suprême félicité pour
lui, lorsqu'il pouvait rendre sa sœur ou
ses amis victimes d'une ruse, d'une supercherie, d'un stratagème. Il avait même
recours parfois à la fourberie, pour arriver
à ses fins, et combien de sarcasmes jail-
lissaient aussitôt de sa bouche. Sa verve
était intarissable. N'était-ce pas odieux
d'agir ainsi ? Sa mère le lui disait; Fulbert le comprenait. Mais

Chassez le naturel, il revient au galop!

Un jour, par représailles, des amis de
la maison avaient trompé Fulbert en lui
faisant croire que la farine provenait de

la neige séchée. On avait beaucoup ri de sa crédulité. Dès lors, confus, honteux, désespéré d'avoir servi de jouet à la nombreuse société réunie autour de la table de famille, notre petit orgueilleux se trouvait toujours sur des épines. Il ne savait plus ce qu'il devait prendre au sérieux des choses qui lui étaient dites par d'autres que par sa mère, et dans la crainte de tomber dans un piége, au lieu de rire bonnement lui-même des petites tromperies dont il pouvait être l'objectif, il se posait en homme que personne ne pourra jamais plus attraper, parce qu'il ne croyait rien de ce qu'on lui disait.

C'est par suite de cette appréhension, et comme conséquence de la prétention du jeune Scapin, toute en faveur de son amour-propre, d'être désormais à l'abri de toute raillerie, que Fulbert avait dit au jardinier, sous le sceau du secret, de le prévenir quand arriverait le premier avril, grand jour des attrapes !

Ainsi donc, Fulbert, très gai, très

jovial, très taquin, puisqu'il faisait ses délices de jeter les autres dans le panneau, pour avoir été trompé une fois, une seule fois, en était venu à cet orgueil suprême, à cet horrible vice de caractère, de ne vouloir plus ajouter foi à rien! C'est triste à dire. Et autant il se défiait de tous, autant, dans ses succès de tromperies, ce médiocre héros se montrait tellement habile, si pétulant, inventif à ce point que monsieur de Luzy ne l'appelait point Fulbert, mais *Fulgur*, dénomination latine qui signifie *foudre, éclair*.

Donc, cette défiance provenait d'un excessif orgueil, orgueil bien mal entendu, puisqu'il se faisait fort de tromper tout le monde, et se vantait sans vergogne de faire pêcher un poisson d'avril à tous ceux qui l'entouraient, ou qui viendraient dans sa résidence.

Or, c'étaient la crainte d'être mystifié le lendemain, d'une part, et de l'autre le désir de berner ceux-ci et ceux-là, qui le rendaient distrait, préoccupé et battant la chamade sur les vitres de la fenêtre, comme nous le voyons.

— Personne, si ce n'est Jocrin, ne songe au premier avril!... se disait-il. Tant mieux; pas le moindre danger pour moi! mais gare aux autres!

En homme expérimenté, le père Jocrin avait bien jugé les conditions de l'atmosphère. Vers midi, vint un dernier coup de vent qui, chassant les nuages et le brouillard, rendit le firmament pur, serein, bleu comme un ciel d'Italie. Le soleil se montra radieux, et ses chauds rayons séchèrent rapidement les allées du parc, les rues de la ville et les avenues de la forêt. En même temps, les fleurs relevèrent leurs calices inclinés, les plantes leurs tiges couchées, et les oiseaux, rappelés à la joie, se prirent à chanter dans les bocages, sous les taillis et le long des haies. L'après-midi fut charmante et d'une exquise douceur. Au vent, qui s'était tû depuis longtemps, avaient succédé de folles brises chargées de parfums.

Le lendemain, dès le point du jour, Fulbert était éveillé, et se tenait sous les armes, comme un soldat prêt à la bataille, c'est-à-dire que, tout joyeux déjà de l'arrivée du premier avril, il se récréait par la pensée de se bien divertir aux dépens de sa sœur, de ses amis, s'il en voyait, et des gens de la maison. Il se trouvait donc prêt à jouer son rôle, qu'il ruminait depuis la veille.

Aussitôt qu'il entendit sept heures, il sonna, mais d'une main timide. Survint une femme de chambre, très empressée, et qui, convaincue que monsieur Fulbert la demandait pour l'aider à s'habiller, entra résolûment dans sa chambre. Mais point. Quand elle s'approcha du lit de l'enfant, elle le vit dormir de si bon cœur, en apparence, et avec une telle expression de candide abandon, que Justine se retira sur la pointe des pieds, en se disant, tout étonnée :

— J'ai donc la berlue, ce matin? j'avais

bien cru reconnaître la sonnette de notre
petit maître...

Et la cameriste alla de chambre en chambre s'assurer si on ne la demandait pas
quelque part.

— Premier poisson d'avril !... se dit, à
son tour, l'espiègle Fulbert, qui entendait
les allées et venues de l'inquiète Justine.

Mais ce n'était là que l'escarmouche
de la bataille. Fulbert se faisait la main
par ce fade préambule.

En effet, il se leva, s'habilla seul, preste-
ment, sans aucune difficulté, je vous as-
sure, ce qu'il n'aurait jamais voulu faire
une autre fois, sous prétexte d'impossibilité, si en cette occasion le démon de la
malice ne l'avait poussé. Alors, disposant
un traversin dans son lit, il l'arrangea en
forme de petit corps reposant doucette-
ment sur l'oreiller, noua l'extrémité su-
périeure de ce traversin en manière de
tête, lui appliqua une perruque blonde
et un masque noir qui avaient servi aux
derniers jours gras, le coiffa de son foulard

qu'il agença avec adresse; et, sur le tout,
ayant replacé le drap, la couverture et la
courte-pointe de soie, il s'éloigna pour ju-
ger de l'effet. L'ensemble représentait, à
s'y méprendre, un enfant qui dort, mais
cet enfant était un petit nègre. Or,
cette tête noire et blonde présentait quelque chose d'horrible. Fulbert se frotta les
mains de satisfaction, puis il sonna de
nouveau, mais d'un bras vigoureux, cette
fois. En même temps, il alla se tapir dans
un coin, derrière les rideaux de la fenêtre, de façon à ne pas être vu, et, au
contraire, à voir la scène qui allait se passer...

A l'appel du timbre, Justine arriva de
nouveau ; mais, prudente alors, elle n'entra qu'avec précaution, frôlant à peine le
parquet, et elle s'approcha du lit... A la
vue de cette face noire reposant sur la
taie blanche de l'oreiller, la pauvre femme
de chambre fut saisie de terreur... Frappée soudain d'une peur invincible, elle
ne put appeler à elle la réflexion; et

croyant peut-être que le choléra venait de s'emparer de son jeune maître dans le sommeil, elle poussa une sinistre clameur d'effroi... En même temps, se précipitant à la porte de la chambre :

— Au secours! au secours! cria-t-elle d'une voix sinistre.

— Tais-toi donc, Justine, silence!... s'empresse de lui dire Fulbert, qui sort de sa cachette, enchanté du succès de sa mauvaise farce, mais craignant aussi que, par ses cris, Justine n'évente la mine du premier avril et ne compromette ainsi le progrès de ses attrapes...

Justine est déjà dans l'appartement de madame de Luzy, les yeux égarés, les cheveux épars, les mains crispées... Heureusement Fulbert y arrive aussi vite qu'elle, et pour calmer sa mère, qui n'a pas encore eu le temps de comprendre les motifs de la terreur de sa cameriste :

— Poisson d'avril!... Poisson d'avril!... murmura-t-il à mi-voix, afin de ne pas être entendu au-dehors.

Et frappant des mains, en signe de triomphe, riant, dansant, tout joyeux, il se jette dans les bras de sa mère, et l'embrasse, et l'étreint...

— Justine, tu es prise!... continua-t-il ensuite, en s'adressant à la pauvre fille qui n'en peut mais... Hein! tu as pêché deux fameux poissons d'avril!... Ne le dis à personne, je ne le dirai pas non plus, si ce n'est ce soir, quand j'aurai attrapé tout le monde... Tu entends?...

— Je le veux bien, Monsieur; cependant il ne faudrait pas faire souvent de ces tours-là!... Vous pouvez vous vanter de m'avoir bien effrayée. . Quelle rude peur!... répond modestement Justine, en se remettant peu à peu de son émotion...

— Comment as-tu donc plaisir à mystifier ainsi ceux avec qui tu vis, mon cher Fulbert, toi qui aimes si peu laisser rire à tes dépens?... dit à son fils madame de Luzy, avec cette voix trop caressante d'une mère qui n'ose jamais lutter de front contre un vice ou un défaut de son enfant...

— Oh! pas si bête!... On ne m'attrape plus, moi!... répond Fulbert avec l'accent de l'orgueil satisfait et défiant quand même. Mais je me charge d'attraper tout le monde, ici, et je commence par... Josine... ajoute-t-il, enivré de plaisir.

— Au moins ne lui fais pas de mauvaise peur, comme à Justine, qui est encore pâle et tremblante... dit avec une faiblesse mal inspirée la trop aimante madame de Luzy d'une voix suppliante.

III

Cependant le père de notre lutin n'était pas encore parti pour Paris. Monsieur de Luzy se trouvait dans son cabinet de toilette, lorsqu'avait lieu la scène qui précède, et son oreille en recueillit tous les détails. Ce qui le frappa le plus, ce fut la forfanterie de Fulbert vis-à-vis des autres,

et son outrecuidance vis-à-vis de lui-
même.

— Ah! mon cher Fulgur, balbutia-t-i,
en attachant son camée aux barbes de sa
cravate longue, tu veux bien te moquer
des autres, et tu as la sotte prétention de
te soustraire à leurs plaisanteries!... Ah!
tu crois que tu es trop habile désormais
pour être victime d'une mystification,
toi!... C'est bien. Je me charge de la vengeance, et c'est précisément Justine qui
sera mon exécuteur des hautes-œuvres...
J'espère bien te corriger ainsi de ton horrible défaut de présomption, d'amour-propre et d'orgueil... A ce soir!...

Nul dans la villa n'avait eu soupçon de
ce qui s'était passé dans les chambres à
coucher du premier étage, pas même la
naïve et bonne Josine, qui dormait bien
réellement, elle, sur la couchette de bois
rose, dans la pièce voisine, sous l'œil
vigilant de sa mère. Ainsi donc, vaste
carrière restait ouverte aux malicieux
projets de mons Fulbert, qui se propo-

sait, après avoir trompé sa sœur, de
tromper le groom, la cuisinière, le cocher,
le palefrenier, voire même le jardinier.
Et pourtant le père Jocrin était l'inspira-
teur et le complice de ses turlupinades,
puisque c'était lui qui avait mis Fulbert en
éveil à l'endroit du premier avril. Mais
c'est ainsi que ceux qui s'unissent pour
le mal se nuisent ensuite, quand ils n'ont
plus rien de mieux à faire...

Fulbert commença par aller à l'office
chercher un magnifique bouquet qu'il
avait fait préparer dès la veille. Il intro-
duisit dans le milieu des fleurs un objet
qu'il tira fort précautionneusement d'une
boîte, et il alla aussitôt le déposer près de
sa sœur, qui dormait encore, un bras
rejeté au-dessus de sa tête, et sa main
entr'ouverte sur ses cheveux d'un superbe blond cendré. Le visage de cette
belle enfant souriait dans son sommeil...
Fulbert, le coup fait, s'éloigna bien vite,
et vint près de sa mère causer à voix
basse, afin d'attendre le réveil de sa sœur

et le résultat de sa surprise. Il n'attendit pas longtemps. Un soupir, doux comme une brise, se fit entendre. Un léger frôlement de soie révéla que la jeune fille s'agitait mollement sur sa couche; et une voix pure et cristalline dit avec l'accent de l'amour filial le plus tendre :

— Bonjour, bonjour, ma bonne mère !... Es-tu là?...

— Oui, mon petit ange, bonjour!.... répondit madame de Luzy.

— Quel charmant bouquet je trouve sur mon lit !... Mes plus belles fleurs, les fleurs que je préfère!... poursuivit Josine d'une voix heureuse.

Fulbert fit des signes mystérieux à sa mère; il tendit le cou, approcha l'oreille, inclina la tête vers la porte de la chambrette, et, le visage malignement anxieux, attendant une exclamation vive et ardente, toute de saisissement... Mais rien. Si pourtant : car Josine achevait à peine de parler, qu'un éclat de rire, frais et

joyeux, retentit, et la charmante enfant
s'écria :

— Quelle jolie petite grenouille verte !...
Mère, mère, une mignonne grenouille
verte, une rainette, comme on l'appelle, ne
s'est-elle pas cachée dans mon bouquet !... Elle s'est montrée tout-à-coup, et
la voici à califourchon sur un héliotrope...
Petite friande, il vous faut des fleurs ? En
vérité, on vous en donnera, belle rainette
des prés... Cette petite grenouille me fait
autant plaisir que le bouquet... Comme
elle saute bien de fleur en fleur !... Figure-
toi, mère, qu'elle était prise par la patte,
mais je viens de la délivrer, ma gentille
prisonnière, et la voilà qui me regarde de
ses deux yeux, comme si elle voulait me
remercier... Mademoiselle, on vous mettra
dans un joli local digne de vous, si vous
préférez notre société à celle des petites
bêtes des champs...

— Tu n'as donc pas eu peur, Josine ?...
demande madame de Luzy.

— Peur ? pas le moins du monde, ma bonne mère...

— Tant mieux !... C'est que, vois-tu, il y a... dans ce bouquet que... tu admires tant, il y a... du poisson d'avril !... fait madame de Luzy, malgré les efforts multipliés de Fulbert pour empêcher sa mère de parler...

Le désolé lutin, cette fois, semble tout déconfit d'avoir manqué son effet près de sa sœur.

— C'est vrai, nous sommes au premier d'avril, aujourd'hui... Et moi qui ne comprenais pas !... répond l'innocente et douce Josine.

— Eh bien ! mon cher cœur, je vois avec grand plaisir, reprend madame de Luzy, que, cette fois, c'est le trompeur qui est trompé... Il croyait bien t'attraper, cependant, et j'imagine qu'il ne se vantera pas du camouflet qu'il reçoit... Quelle fougasse !...

Le fait est que Fulbert avait l'oreille basse... Avoir si mal réussi, lui qui s'était persuadé que la grenouille verte allait sauter au nez de sa sœur, quand elle en approcherait le bouquet pour le flairer...

— Maman, réplique d'un ton moins sonore et quasi confidentiel la bonne Josine, qui ne se doute pas que son frère est aux écoutes ; maman, si c'est Fulbert qui a voulu s'amuser avec moi, ne lui dis pas qu'au lieu d'avoir eu peur j'ai été fort agréablement surprise par sa grenouille verte. Laissons-lui le plaisir de croire que, à la vue de la rainette, j'ai sauté en l'air, tant je m'attendais peu au poisson d'avril...

A ces mots, qui mettaient à nu l'exquise bonté de sa fille, madame de Luzy ne put retenir une larme, et, par des signes fort expressifs, elle cherchait à faire comprendre à son fils, dont elle n'avoua pas la présence, qu'il y avait entre sa sœur et lui une immense différence de caractère. Puis elle dit à Josine :

— Non, ma belle âme, je respecte ton intention, et je laisserai à Fulbert la

jouissance du misérable plaisir qu'il a prétendu se donner...

A ces mots de sa mère, accompagnés
d'un regard terne, le petit espiègle jugea
qu'il ne jouait pas le plus beau rôle. Il
s'éloigna, marchant sans bruit ; et, vain-
queur près de Justine, mais vaincu près
de sa sœur, il descendit au rez-de-chaussée, en quête de succès plus faciles, car,
pour un si faible échec, le jeune malin
ne renonçait pas à ses fadaises.

Tout d'abord il rencontra le groom qui,
déjà vêtu de sa livrée, rentrait à la villa,
dans le tilbury, après avoir conduit son
maître à la gare ; et, après que Tibs eut
remis le cheval aux mains du palefrenier,
et déposé une lettre à l'adresse de madame
de Luzy, Fulbert l'envoya chez madame
Brizard chercher la bourse de monsieur
le curé... Tibs, le groom, partit aussitôt
pour exécuter les ordres de Fulbert. Alors
celui-ci courut à la cuisine, et dit à la
vieille Marianne la cuisinière de faire
chauffer un bouillon dans la passoire, et

de l'apporter bien vite, toujours dans la passoire, à sa mère qui l'attendait avec impatience. Puis il fit demander au cocher de lui aller cueillir du trèfle à cinq feuilles; et heureux d'avoir ainsi mis tout le monde du logis en campagne, il se hâta de remonter près de sa mère et de sa sœur, où le chocolat du premier déjeuner devait être servi.

En effet, le chocolat, placé sur un plateau de laque de Chine, attendait Fulbert, près du feu de madame de Luzy, et Josine, vêtue d'un peignoir de soie cerise doublé de satin blanc, sa jolie chevelure captivée sous une résille bleu de ciel, et des pantoufles de velours vert broché d'or emprisonnant ses petits pieds, était assise, savourant une galette qui sortait du four et répandait une délicieuse odeur. Notre héros se mit à table, tout en regardant sa sœur de côté, et observant d'un œil scrutateur l'impression qu'elle subissait en mangeant sa pâtisserie fumante.

— Eh bien! lui dit l'excellente mère,

ne prends-tu pas un de ces gâteaux avec ton chocolat, Fulbert ?....

— Nenni pas ! répondit le mystifica teur, qui aimait à l'excès la pâtisserie chaude; nenni pas, je m'en prive... aujourd'hui...

Et il sourit d'un air astucieux, en regardant Josine, qui y mordait à belles dents.

— Comment, tu refuses, toi qui es si gourmand de ces galettes ? dit, en insistant, madame de Luzy.

— Oui, fit notre facétieux Scapin, car c'est le premier avril, et je m'amuse fort à voir sœur en croquer le poisson... ajouta-t-il d'un ton railleur porté à sa dernière puissance.

— Mais quel rapport y a-t-il entre le premier avril et une galette ?... demande Josine, tout en prenant une seconde part du gâteau.

— Il y a, répond Fulbert d'un air plus ironique encore, que, tout-à-l'heure, à la cuisine, j'ai vu Marianne qui entr'ouvrait habilement les galettes, et qui... y glis-

sait quelque chose... pour nous attraper...
Tu ne sens donc pas qu'il se trouve du
poivre dans la pâte?... acheva Fulbert avec
un gros rire de béatitude.

— Du poivre? fait Josine. Non, mon
ami. J'y trouve seulement d'excellentes
confitures d'ananas; quant au piment, tu
as rêvé, mon pauvre Fulbert...

— Allons donc! ce n'est pas moi qu'on
attrape!... J'ai rêvé?... Je n'ai pas rêvé
du tout, Mademoiselle... riposte vivement
l'impitoyable orgueilleux.

— En vérité, mon fils, vous avez la marotte de l'attrape; c'est à n'y plus rien
comprendre... Vous ne voyez autour de
vous que des conspirateurs; vous êtes en
défiance de tout le monde... Vous préten-
dez jouer sous jambe et turlupiner tous
ceux qui vous approchent... Cela devient
ridicule pour vous et insupportable pour
nous... accentue très énergiquement enfin
madame de Luzy. Sachez bien, ajouta-t-
elle, que si jamais Marianne, ou toute autre domestique, se permettait chose pa-

reille à celle que vous dites, elle sortirait immédiatement de la maison.

— C'est égal, je ne veux pas de cette galette !... réplique presque grossièrement Fulbert.

— Vous en voudriez maintenant, que vous n'en auriez pas, Monsieur... répond sèchement madame de Luzy.

En même temps, elle tire vivement le cordon de la sonnette...

Ce n'est pas Justine, mais Marianne elle-même, la vieille Marianne, qui paraît, et dit, sans être interrogée :

— Je suis désolée de ne point apporter dans la passoire, comme Madame l'a fait recommander, le bouillon chaud que Madame désire ; mais j'ai eu beau faire, le bouillon ne veut pas rester dans la maudite passoire, il s'écoule toujours au travers, et je demande pardon à Madame d'être aussi maladroite...

Madame de Luzy ne peut s'empêcher de sourire en entendant la complainte de la désolée Marianne. Elle lui fait comprendre que, travaillât-elle un siècle à faire tenir le bouillon dans une passoire, toujours le liquide passerait par les trous de l'ustensile. Puis elle lui explique qu'elle est la victime du premier avril... Marianne prend le parti de rire et accepte le poisson d'avril. Mais dire la grosse satisfaction et la joie de mauvais goût de maître Fulbert, serait impossible. Enfin, interrogée si elle avait altéré les galettes, en y mettant quelque corps étranger, Marianne jure bien vite ses grands dieux que jamais elle ne se permettrait pareille inconvenance vis-à-vis de Madame et de ses petits maîtres.

La brave cuisinière est à peine congédiée, que c'est le tour du cocher de venir parler à Madame. S'arrêtant à la porte de la chambre et n'osant pas même en soulever la portière tombée, Farcin dit d'un ton piteux à monsieur Fulbert qu'il a vainement cherché dans la prairie artificielle du trèfle à cinq feuilles, et qu'il n'a pu en trouver qu'à trois, dont il apporte une petite botte pour Monsieur... Dans la bouche du cocher, cette *petite botte pour Monsieur* est certainement une épigramme; mais Fulbert, ou ne la comprend pas, ou affecte de ne pas la comprendre. Au contraire, il se lève pour rire plus à son aise de l'heureuse issue de ses imaginations drôlatiques, et il ne voit pas que, sous sa moustache, le cocher, jetant un regard de dédain sur le jeune homme, se rit de lui à meilleur droit, ce que ne manque pas de faire remarquer à son fils madame de Luzy.

Enfin il est neuf heures, lorsque Tibs, le groom anglais, rentre après une longue absence, et, tout en sueur, rouge comme une pivoine, vient dire à monsieur Fulbert :

— Je suis allé chez madame Brizard, lui demander la bourse de monsieur le curé. Madame Brizard n'y était pas, et c'est sa fille, mademoiselle Léopoldine, qui m'a dit que cette bourse était chez monsieur Langlumet. J'ai couru chez monsieur Langlumet, dont le fils, monsieur Edmond, m'a conseillé de me présenter chez madame Lecomte, où bien certainement je la trouverais. Arrivé chez madame Lecomte, sa fille, mademoiselle Julia, m'a dit qu'elle devait être dans le salon de madame de Boisfleuri. Comme je tenais à rapporter la bourse de monsieur le curé, je me suis rendu chez madame de Boisfleuri, et c'est pour cela que j'ai été si longtemps, car madame de Boisfleuri demeure bien loin. Monsieur Gabriel, votre petit ami, s'est mis à rire et m'a envoyé chez mademoiselle Mélanie Brunter. Là, cette vieille fille m'a dit une chose qui est dure à entendre : — Vous êtes bête !... a-t-elle fait d'un ton rechigné. — Bien obligé !... lui ai-je répondu. — Comment ! vous ne comprenez pas, a-t-elle repris, que la bourse de monsieur le curé ne peut se trouver que dans sa poche ?... Sur ce, je m'en suis revenu, Grosjean comme devant, ainsi que disent les Français, et je n'ai toujours pas trouvé 'a bourse...

— Poisson d'avril ! mon pauvre Tibs... dit madame de Luzy.

— Ho ! fit Tibs, dont le caractère, la nature et le langage anglais reparurent soudain. Ho !... répéta-t-il avec l'indéfinissable accent de surprise que les gens de sa nation mettent dans cette exclamation... Ho ! fit-il une troisième fois, en écarquillant ses grands yeux bleu de faïence.

Et le groom s'éloigna pensif, honteux d'avoir été pris pour dupe, bafoué, mortifié, mystifié ; et dans son air méditatif on put supposer et deviner qu'il méditait quelque moyen de se venger.

Cependant Fulbert se tenait les côtes pour ne pas rire aux éclats, en apprenant toutes les vicissitudes de l'excursion matinale du susceptible Anglais. Mais un incident nouveau arrêta l'explosion de son hilarité.

IV

Justine, la femme de chambre, entra dans l'appartement, portant sur un plateau d'argent deux lettres qu'elle présenta à sa maîtresse.

Madame de Luzy ouvrit immédiatement l'une des lettres qu'elle parcourut des yeux, avec un reflet de plaisir sur le visage ; en même temps, elle dit du ton le plus naturel :

— Voilà une surprise ! Ma grand'tante de Clomadeuc arrive à Fontainebleau pour voir si le séjour de cette ville lui plaira. Elle amène avec elle sa fille, madame de Lihus. L'un de ces jours nous allons voir ces dames descendre ici...

— C'est la grand'tante qui demeure en Bretagne ? demanda fort innocemment Josine.

— Oui, mon enfant. Tu m'en as rarement entendu parler ; mais c'est une excellente femme, et, quant à sa fille, elle est certainement digne de sa mère.

En cette circonstance du moins, Fulbert n'eut aucun soupçon de tromperie. Il écouta ce que disait sa mère, sans s'occuper si cette lettre n'était pas une supercherie, et il demeura fermement dans la conviction que ses deux parentes allaient arriver. Comment, en effet, pouvait-il douter de la venue de deux cousines? N'était-ce pas la chose la plus naturelle du monde?

Madame de Luzy prit ensuite la seconde lettre, et, sans en examiner la suscription, elle en brisa le cachet armorié, lorsque Justine, en survenant, lui apprit que le valet de madame de Gémonville attendait la réponse.

— Mais cette lettre est pour toi, ma Josine, et pour toi aussi, Fulbert... ajouta madame de Luzy, et j'allais la lire...

— Fais-le donc, mère; je ne dois rien savoir que tu n'aies lu la première... répondit l'aimable jeune fille.

— En voilà des signatures !... Ecoutez... reprit madame de Luzy.

« Bien-aimée Josine et cher petit Falbert,

» Hier matin le bon Dieu ne nous chérissait plus, car il faisait tomber sur nous toutes les cataractes d'en haut et enveloppait de brumes humides notre belle forêt. Aujourd'hui sa bonté nous est rendue, car le ciel est d'un azur sans tache, le soleil brille, les oiseaux chantent, et les plantes silvestres parfument les clairières. Le cœur de notre mère a inpiré à sa tête, ce matin, d'organiser une partie de campagne dans les *rochers de Franchard* et à la *Roche qui pleure*. A onze heures précises, le moment le plus beau de la journée, notre landau et la calèche seront attelés. Nous vous y réservons trois places, et si, à la faveur de vous donner à nous, madame votre mère joint celle de vous accompagner, nous serons les plus heureux enfants de France et de Navarre. Venez, venez donc. Un *lunch* dans les bois, près d'une source fraîche, par un chaud soleil, sur un tapis de verdure, au milieu des jeunes fleurs du printemps et avec les douces mélodies des fauvettes, c'est là un programme entraînant, ce nous semble. En tout cas, c'est l'occasion pour nous de vous montrer que nous vous aimons... Faites-nous voir que vous n'êtes pas indifférents vis-à-vis de vos meilleurs amis,

» Lénore DE GÉMONVILLE, Paula DE VOLNEY, Marcel VERDUN, Lucien et Gabriel DE BOISFLEURI, Anna DORSAY...

» Fontainebleau, le 1er avril... »

En effet, ce premier avril, Dieu envoyait à la terre une matinée embaumée, comme il lui avait donné, la veille, une tiède soirée. Mais, pour Fulbert, pourquoi fallait-il que cette journée fût le premier avril ?...

Josine demanda fort respectueusement à sa mère la permission d'accepter l'invitation de ses jeunes amis. Madame de Luzy ne la lui fit pas attendre, tout en

prétextant la venue possible de sa grand'-
tante pour ne pas l'accompagner. Aussitôt
Josine de sauter au cou de sa mère, et malgré son calme habituel, de courir à sa
chambre, de préparer sa plus jolie toilette
de printemps, de s'habiller en hâte, toute
follette, en riant, en sautant, en disant
vingt fois :

— Te dépêches-tu, Fulbert?... Onze heures approchent !...

Puis, quand elle eut mis sur sa jolie
tête, animée par l'attrait du plaisir, le
plus charmant petit chapeau plat, à la
mode nouvelle, avec une longue plume
noire ondoyante, elle alla en quête de son
frère, dont elle n'entendait pas le babil,
et de sa mère, qui sans doute présidait
au choix des vêtements de son fils.

Madame de Luzy, après être allée donner réponse au valet de pied, était venue
prendre sa place et sa broderie ordinaires,
en face d'une fenêtre ouverte sur la pelouse du parc et ses clairières. C'était de là
que chaque jour elle suivait du regard les

jeux et les courses de ses enfants et de
leurs amis, dont les silhouettes s'estompaient dans les bosquets. Mais, en ce
moment, elle n'avait pas le sourire aux
lèvres, car Fulbert, dans son accoutre-
ment du matin, et ayant déposé sa turbu-
lente humeur, était là, sur un canapé, bou-
deur et taciturne, feuilletant un keepsake
dont il connaissait depuis longtemps toutes les vignettes.

— Eh bien! petit frère, tu n'es pas encore prêt?... lui dit Josine stupéfaite.

— Non... dit Fulbert en cherchant à sourire, comme quelqu'un qui veut couvrir
d'un masque d'hilarité le déplaisir qu'il
ressent.

— Et pourquoi donc?... Vois quel beau
temps! fit Josine en insistant. Si tu ne
viens pas, j'ai presque envie de ne pas aller non plus à cette promenade en forêt...
Cette partie de plaisir ne me souriait autant que... dans la pensée de t'avoir avec
moi, puisque déjà mère ne vient pas!...

ajouta la charmante jeune fille avec des larme dans la voix.

— Ce serait très joli, tout ce que tu dis là, si c'était sincère, Josine... répondit Fulbert; mais je ne suis pas nigaud, moi, et je ne donne pas dans ce piége... Croyez-vous donc que je ne devine pas ?... Ah ! je sais très bien qu'il est convenu avec nos amis que vous me persuaderez que l'on va s'amuser à Franchard et à la Roche qui pleure, qu'on y jouera, qu'on y goûtera !... Mais que je me rende chez les Gémonville, aussitôt qu'on me verra et qu'on supposera que j'arrive tout affriandé par le plaisir, on m'accueillera avec une bordée de moqueries, avec des éclats de rire et des chuchotements; on me fera voir qu'il n'y a ni landau, ni calèche, ni lunch, et on me criera aux oreilles, pour m'assourdir et se moquer de moi : Poisson d'avril !... J'en serai pour ma honte !... Je me refuse à cette belle récréation que vous voulez vous donner à mes dépens !... Non, non, je ne vais pas avec vous et c'est vous qui serez bien attrapés ne n'avoir pas réussi à me tromper et à me berner!...

— Mon bon frère, mon cher petit Fulbert, je te jure... dit d'une voix tremblante d'émotion, et avec l'accent de la sincérité, la douce Josine.

Mais madame de Luzy l'arrêta d'un geste, et dit :

— Ne jure rien, Josine, je ne veux pas. Ton frère est un sot orgueilleux. Jamais je n'ai vu caractère plus susceptible et plus défiant. Mais Dieu le punira par où il pèche, et il sera humilié dans son affreux défaut; car, en présence de tout le monde, ici même, on lui fera voir qu'il n'est déjà pas si difficile à tromper... Oh! vous avez beau branler la tête, Monsieur... Ne devriez-vous pas être honteux de douter de la sincérité et de repousser la tendresse de votre sœur?... Pauvre Josine!... Il te suppose des idées de supercherie; il ose croire que tu es capable, ainsi que vos amis, de jouer une comédie aussi triviale que niaise envers son insipide marotte du poisson d'avril!... Eh bien! qu'il reste ici, seul! Pour toi, ma Josine, pars, on t'attend... Je sais que ton cœur froissé va perdre la moitié de tes jouissances de la journée; mais va toujours, car l'âme de ta mère t'accompagne et veille sur toi... A ce soir... Embrasse tes amies de ma part, avec la même effusion que je t'embrasse moi-même...

Justine se présentait en ce moment pour accompagner Josine chez madame de Gémonville. Hélas! désolée, Josine, tout-à-l'heure si joyeuse, maintenant pâle, attristée, baisa sa mère avec ferveur; puis elle jeta sur son frère un regard dans lequel toute sa pensée lui disait : Viens, il en est temps encore!... Un mot, un signe de toi, et je tombe aux genoux de ma mère!...

Mais Fulbert s'élança comme un daim, prit la porte du parc et disparut dans les profondeurs des bosquets, sans même regarder sa sœur qui voulut l'arrêter, en lui criant simplement, mais avec l'accent déchiré d'un rossignol qui gémit: Frère!...

D'abord très malheureuse, Josine finit cependant par prendre son parti. Lorsqu'elle se trouva réunie à ses compagnes, la gaieté générale effaça son chagrin. Le ciel était si beau! On monta incontinent en voiture et bientôt on fut en pleine forêt. Une fois arrivés, les enfants s'éparpillèrent parmi les rochers, les lavandes et les bruyères des landes, et ils jouèrent tant et tant que c'était affaire aux échos de redire les rondes que l'on chanta, les éclats de rire que l'on jeta dans l'air par grappes sonores, et les mille plaisanteries tapageuses que l'on imagina. C'était un coup d'œil ravissant que de voir, sous les hauts arbres millénaires, se profilant sur la verdure, toutes ces jolies têtes blondes et brunes de petits garçons et de jeunes filles, déjà si gracieuses au début de la vie, rendues plus gracieuses et plus jolies sous la douce influence du printemps et par l'encadrement d'une admirable nature. En effet, le feu pétille dans tous les yeux;

l'esprit est gai, le cœur joyeux, et la langue, oh! la langue babille à défier les tic-tac de tous les moulins de Montmartre ou de Corbeil. Aussi quel n'est pas le bonheur de madame de Germonville, qui préside à cette fête, en voyant les courses, les bonds, la joie, l'enivrement de cette charmante famille, voltigeant ainsi que des bandes de colombes effarées, sous les massifs de sapins et d'épicéas, murmurant les refrains des vieilles chansons rustiques de la patrie, pendant que les perles des eaux tombant de la Roche accompagnent leurs voix, que les tapis de mousse se déroulent sous leurs pieds, que l'hymne de leurs plaisirs enfantins monte vers le scintillant pavillon du ciel, où le soleil se balance comme une lampe d'or. Oui, tout est jouissance, tout est félicité, tout est tendre amour, à l'heure souriante du joyeux printemps.

Il n'en était pas de même pour Fulbert. Seul, errant dans le parc comme une âme en peine, ne prêtant pas l'oreille aux chants des oiseaux, n'observant pas le progrès des boutons des arbustes et l'épanouissement des fleurs, il s'ennuyait de toute la longueur d'une interminable journée passée dans le silence, la solitude, la bouderie, l'amertume d'un orgueil rétif et le reproche d'une conscience qui murmurait ses torts. Pensa-t-il à sa sœur? J'aime à le croire. Ce que je puis dire, c'est qu'il maudit souvent la fatale susceptibilité qui lui donnait toujours la crainte d'être trompé.

Quant à Josine, nonobstant la jouissance du lunch au bois, je puis affirmer qu'elle ne cessa de penser à son frère.

Enfin, quelque longue qu'eût paru la journée à mons Fulbert, et quelque courte qu'elle eût paru à Josine, elle eut sa fin. Il était temps. Le parc devenait odieux à notre espiègle, qui, par sotte vanité, et croyant s'humilier en allant rejoindre sa mère, avait préféré aller et venir, seul, dans les allées ombreuses, muettes et solitaires de la villa. Et heureusement pour lui, le soleil descendit vers l'horizon, et ce ne fut pas sans un battement de cœur que Fulbert vit ses rayons teindre de leurs feux le dôme de la forêt, et rutiler sur les fenêtres du palais, où ils allumaient un admirable incendie.

— Cette fois leur lunch est fini ou bien près de finir... calcula-t-il dans un bas sentiment de jalouse jouissance, à la pensée que sa sœur et ses amis ne jouaient plus, puisque le soleil se couchait.

V

Que l'homme est vil quelquefois, lorsqu'il s'abandonne sans combat à quelque misérable passion dont il ne sait pas rougir ou qu'il se dissimule à lui-même, mais que les autres voient, devinent, et qu'ils méprisent !

Le soir venait donc quand le roulement d'une voiture se fit entendre. On sonna à la grille de la villa, dont la porte de fer, par son grincement prolongé, annonça que monsieur de Luzy arrivait de Paris... Fulbert se sentit froid au cœur; néanmoins il se rassura. Sa mère, trop bonne, hélas! comme bien des mères aveugles, dissimulerait sans doute à son mari la nouvelle escapade de notre héros. Celui-ci l'espérait.

Il se complaisait dans cette pensée, en cheminant autour de la pelouse voisine du salon, lorsqu'il vit sortir d'un massif voisin son père et sa mère, bras dessus, bras dessous, qui semblaient causer confidentiellement, mais sans aucun chagrin, car ils riaient. Cette heureuse disposition de ses parents remit Fulbert tout-à-fait à son aise. Aussi s'approcha-t-il de monsieur et de madame de Luzy, et, après avoir embrassé son père, offrit-il son front à sa mère, qui le baisa, en lui donnant la caresse d'un mot délicieux pour le cœur :

— Bonsoir, cher amour!

Alors monsieur et madame de Luzy, continuant leur promenade, allèrent s'asseoir à l'extrémité de la pelouse, en face de la résidence, dans un rond-point entouré de conifères qui formaient un jalon de verdure. Ils y étaient à peine installés sur des siéges rustiques, que la cloche de la grille retentit de nouveau, les portes firent entendre leur grincement, et une voiture roula sur le sable de la cour.

Presque aussitôt on vit sortir du grand salon le groom anglais Tibs, précédant deux dames en costume de voyage. Tibs portait sur sa physionomie quelque chose de railleur qui tout d'abord frappa le défiant Fulbert. Il y remarqua comme un rictus d'ironie comprimée, et il surprit à son adresse, s'échappant de l'œil bleu de l'Anglais, un éclair de vengeance.

— Il m'en veut encore!... pensa-t-il. Au fait, Tibs doit avoir mal aux jambes, sans compter que le mot *bête* de la vieille Mélanie lui pèse sur le cœur...

Mais bientôt les deux étrangères surprirent toute son attention, quand Tibs eut dit, en les introduisant dans la clairière formant le salon de verdure, et d'une voix vibrante :

— Madame la comtesse de Cloma-deuc!... Madame la baronne de Lihus !

— Ma tante vénérée, ma bonne cousine!... fit madame de Lihus, en se levant aussitôt pour aller à la rencontre des deux visiteuses.

Je vous tiens quittes, chers lecteurs, des révérences des dames et des salutations des messieurs. Fulbert, peu caressant à l'endroit de gens qu'il ne connaissait pas, ne put éviter l'accolade très sentimentale que lui donna, sur les deux joues, l'une des nouvelles venues, et que l'autre lui prodigua sur le front. Quand il échappa aux étreintes dont il venait d'être l'objet, il ne put s'empêcher de dire en lui-même :

— La jeune dame me va mieux que la vieille! Que celle-ci sent mauvais!... On dirait qu'elle s'est pommadée avec de l'ail ou de l'ognon!...

Et il toussa, comme pour chasser de sa poitrine les miasmes fétides qu'il crut avoir respirés. Puis il prit gravement place en regard de la comtesse et de la baronne, afin de les mieux observer.

La conversation s'anima aussitôt. Monsieur et madame de Luzy questionnèrent tantôt la grand'tante de Clomadeuc, tantôt la cousine de Lihus, sur tel et tel membre de la famille, sur les sites de la Bretagne, les habitudes de ses habitants, leurs relations à la ville et à la campagne.

Puis, quoique l'on vit encore à merveille les objets, comme on craignait le frais du soir, on proposa aux deux dames de passer au salon en attendant l'heure du dîner, ou de monter dans l'appartement qui leur était réservé pour se reposer, etc. Mais les deux parentes, trouvant la soirée charmante et l'air tiède, domandèrent en grâce de rester dans la clairière, quoique les ombres de la nuit y tombassent de plus en plus.

En historien véridique et en portraitiste consciencieux, je dois donner ici la photographie de nos étrangères.

La comtesse de Clomadeuc, vieille, ridée, les cheveux gris, était vêtue d'une façon maladroitement grotesque. Elle s'était présentée gauchement, avait salué ridiculement, se tenait assise comme un fagot et semblait fort mal à l'aise sous sa grosse capeline de voyage. Cette capeline, de couleur douteuse, était munie d'un voile qui dissimulait mal un visage rouge, tout boufli, capitonné d'un nez taillé en truffe bossuée, et percé de deux petits yeux de faïence qui luisaient dans leur cavité comme des escarboucles. Sur le tout, brochait une robe de lampas bleu à grands ramages, du temps passé, à demi cachée par un châle tartan passablement défloré par un long usage. La main droite, que l'on voyait dégantée, avait l'apparence d'une formidable main de serrurier, toute calleuse et teinte de noir. Enfin, sous la robe, par trop relevée, passait d'un demi-mètre une jambe colossale, difficilement captivée dans une botte, je n'ose pas dire une bottine, de satin turc prêt à crever sous la pression d'un pied gigantesque.

— Celle-là, je ne l'aimerai pas !... se disait Fulbert. Si ce sont là nos grands parents, je n'en félicite pas ma mère... Elles auraient bien fait de rester en Bretagne, la vieille sur tout... Que diront nos amis s'ils voient chez nous cette affreuse caricature !... Je ne l'appellerai que Madame, moi !... Quant à la petite cousine de Lihus, ah! c'est une autre affaire... Je me sens quelque chose pour elle... Mais à cause de sa mère, elle aurait bien fait de ne pas venir non plus... On se moquera de nous, en voyant une pareille duègne faire partie de notre famille !...

En effet, la fille de la comtesse, la jeune baronne de Lihus, offrait avec la mère un contraste complet. A son tempérament fleuri on devinait qu'elle respirait habituellement l'air pur des champs voisins de la mer, mais la vigueur de ses formes n'avait pour cela rien de masculin. Son teint, blanc et rose tout à la fois, malgré l'obscurité naissante, semblait bien un peu hâlé; il n'en était que plus gracieux,

sous le reflet d'une toilette parfaitement
assortie; chapeau bleu, robe grise passe-
mentée du même bleu, et mantelet noir.
En outre, des cheveux splendides s'arron-
dissaient en tresses d'or autour de sa tête,
d'où le frais regard, virginal comme celui
d'une madone, venait éveiller la sympathie. Ajoutons que la jeune baronne avait
la main d'une patricienne et le pied d'une
statue grecque.

Ainsi Fulbert faisait preuve de bon
goût, quand son œil fauve fuyait l'aspect
de la vénérable douairière pour plonger,
sans discontinuer, sur sa compagne, dont
les manières aristocratiques achevaient de
le charmer. Le langage, simple et naïf, et
surtout le timbre harmonieux de la douce
voix de la Bretonne, quoique voilé par une
cause quelconque en ce moment, lui tournaient la tête.

Aussi, quand les deux dames se prirent
à s'occuper de lui, et que la baronne, l'ap-
pelant à elle, l'appuya sur son cœur et
le plaça sur ses genoux, il s'y laissa met-

tre avec une complaisance toute d'entraî-
nement, passa le bras autour du cou de la
jeune femme, et permit très volontiers
que de sa main elle lissât ses cheveux
noirs.

Mais lorsque la comtesse, s'emparant à
son tour de sa petite personne, le prit
dans ses bras, et l'assit sur elle en le caressant, il fit entendre un profond soupir,
affecta d'avoir le hoquet, mais n'en resta
pas moins le prisonnier de la vieille comtesse de Clomadeuc.

. Sept heures sonnaient au château et
aux églises de la ville, quand on entendit des voitures rouler vers la villa, la
cloche tinter de nouveau, grincer les portes et entrer, comme une volée de ramiers, tout un tourbillon de petits garçons et de jeunes filles, annoncés par de
frais lazzis et de joyeux accents.

Fulbert comprit que ses amis et amies
arrivaient de leur promenade en forêt, de
leur lunch, de leur fête printanière, et il
ne voulut pas être surpris sur ces genoux

antiques; appuyé sur le cœur et tenu dans les bras, contre la joue de la visiteuse surannée... Il chercha donc à déguerpir... Mais il avait affaire à forte partie; la vieille comtesse le retint d'un bras vigoureux, et il fallut garder la position, l'horrible position que lui fit prendre l'étreinte de la bonne femme.

— Bonsoir, père ! Bonsoir, mère !

— Bonsoir, Madame et Monsieur !

— Bonsoir, Mesdames !...

— Bonsoir, bonsoir, mes enfants !...

Ce fut d'abord un feu croisé de bonsoir! à n'en plus finir, à n'y rien entendre. Et puis, des baisers furent donnés, des baisers furent rendus; je ne compte pas les serrements de main, et des Mignonnes !... par-ci, et des Fillettes! par-là.

Sur ces entrefaites, à raison de l'obscurité envahissante, le coquin de Tibs, sans ordre aucun, s'empressa d'apporter deux énormes lampes Carcel, qui répandirent aussitôt des flots de lumière sur tous les visages de la nombreuse réunion. Puis, il sembla se retirer en riant, l'Anglais, mais il se cacha à quelque distance dans un fourré voisin.

Enfin Josine, Lénore de Gémonville, Paula de Volney, Anna Dorsay, puis Marcel Verdun, Lucien et Gabriel de Bois-fleuri, ayant remarqué les deux étrangères, leur firent révérences et salutations, surtout à la vénérable comtesse, qui maintenait toujours du bras son Fulbert. Aussi, furieux, mal à l'aise, celui-ci était rouge comme un homard.

Mais alors les yeux de tout ce petit monde s'étant fixés sur le visage des visiteuses, il partit simultanément de leurs bouches une si joyeuse explosion ; ils les montrèrent du doigt avec une gaîté si folle, s'écriant à perdre haleine, ne pouvant parler tant ils étaient tous haletants, éperdus, se tordant dans des convulsions sans fin renaissantes, tant était violent ce rire de ces enfants, que ce fut un moment dont la plume ne peut rendre l'entrain, le paroxysme étrange, l'allégresse, la folie...

Jugez de l'embarras de Fulbert!

Ce fut bien pis, quand Josine, recouvrant la voix, s'écria la première, entre deux rires :

— Marianne, notre brave cuisinière, qui fait de si bonnes galettes à l'ananas!...

Et elle montrait la prétendue comtesse de Clomadeuc.

— Justine, notre bonne Justine, la perle des femmes de chambre!...

Et elle désignait la fausse baronne de Lihus.

Fulbert bondit comme un faon blessé... Se retournant aussitôt vers les deux dames, il reconnaît en effet la bonne vieille Marianne, la cuisinière, et Justine, la camériste, qui s'étaient prêtées de fort bonne grâce à la mascarade imaginée par monsieur de Luzy, et qui avaient admirablement joué leur rôle.

— Poisson d'avril! poisson d'avril!... crièrent triomp alement toutes les voix des enfants, de toute la force de leurs poumons.

Monsieur et madame de Luzy se mirent de la partie, en riant aussi de tout leur cœur. Marianne et Justine, elles aussi, s'agitaient dans un fou rire, et leurs crinolines en sautaient comme des ballons agités par le vent. Paula, Lénore, Anna, Marcel, Lucien et Gabriel tournaient autour de la comtesse et de la baronne, dont elles contemplaient les ajustements ou grotesques ou de bon goût, félicitant Justine de sa distinction, mais en regard de Marianne, se tenant les côtés et ne pouvant calmer la gaîté qui renaissait sans fin.

Il n'y avait pas jusqu'an sérieux Anglais Tibs qui, s'étant approché, riait de ses trente-deux dents blanches et de son œil vitreux, en frappant des mains, et en disant, mais en anglais, cette fois :

— Ho ! ho ! ho ! petit maître à moi n'être pas à la noce, à cette heure !..

Seule, seule, Josine était redevenue sérieuse, et pleurait !...

Hélas ! honteux, vaincu, désespéré, Fulbert sentit d'abord la colère lui monter à la tête. Ses poings se crispèrent. Il délibéra s'il n'allait pas se ruer sur tout ce monde qui l'entourait, les yeux fixés sur lui, jouissant de sa confusion et de sa défaite, applaudissant à son humiliation... Il s'avança même droit contre Marianne, pour laquelle d'impétueux mouvements de haine s'élevaient dans son âme...

Mais Josine s'étant habilement jetée dans ses bras, comme pour voiler la honte de son frère contre sa petite poitrine de sœur, et l'embrassant avec amour, Fulbert comprit qu'il lui venait un sauveur de ce côté. En même temps, se rappelant soudain que, le matin même, Josine avait déjà voulu lui porter secours et l'arracher à sa fausse position, à l'heure du départ, son cœur s'ouvrit à l'amour fraternel. Il serra convulsivement sa sœur dans ses bras, en lui disant :

— Il n'y a que toi qui m'aimes, ma Josine !

Et aussitôt il fondit en larmes.

Alors le calme se fit; on n'entendit plus le moindre éclat de rire, plus un mot, pas un soupir.

— A la bonne heure... dit enfin monsieur de Luzy.

— Non, il n'y a pas que ta sœur qui t'aime, mon enfant! fit madame de Luzy... Nous t'aimons tous, et c'est parce que nous t'aimons que nous avons voulu te corriger de tes petites fourberies, de tes fanfaronnades, de ta défiance, de ton orgueil!

— Pleure, pleure bien, ajouta monsieur de Luzy, et par tes larmes efface jusqu'au moindre vestige de ta ridicule susceptibilité. N'oublie pas que celui qui trompe les autres doit être trompé lui-même. Il faut savoir supporter des amis ce qu'on leur fait endurer à eux-mêmes... A trompeur, trompeur et demi!

Je ne vais pas vous dire, enfants, que

Fulbert, converti cette fois, et bien converti, ne craignit pas, en présence de tous ses amis, appuyé sur le bras de Josine, et pendant que Marianne, Justine et Tibs allaient reprendre leur service, de demander pardon à tous, et de promettre à ses parents de renoncer à jamais à son affreux défaut.

— Si jamais je m'y abandonne, dit-il, que l'on me crie à l'oreille ce seul mot : Poisson d'avril !... Il sera d'une vertu tellement efficace, que subitement je redeviendrai sage... Je le jure !

Au bout d'un quart d'heure, en effet, tout était oublié et on parlait d'autre chose. Notre pétulante jeunesse allait même se mettre à la table du souper, à laquelle on l'avait conviée, quand on entendit, venant d'un coin du parc, retentir des cris de terreur. On s'empressa de courir de ce côté.

Que trouva-t-on ? Devinez...

On trouva le père Jocrin, le jardinier, pâle, défait, n'en pouvant plus, à genoux et demandant grâce... devant une vieille et longue redingote grise, boutonnée, les manches tendues, suspendue à un pieu en croix, surmontée d'un chapeau bolivar et dominant une haute paire de bottes à l'écuyère...

C'était l'ouvrage de Fulbert, pendant les loisirs de sa journée solitaire..

Il avait placé ce prétendu fantôme dans cet endroit, parce qu'il savait que, chaque soir, c'était là que Jocrin remisait ses instruments de jardinage. Or, le piége avait réussi, et Jocrin, à la vue du spectre, s'était mis à crier et à appeler au secours.

Pauvre Jocrin! On rassura le bonhomme en lui jetant aux oreilles le terrible mot d'ordre: poisson d'avril! et en dépouillant les perches croisées de l'attirail qui l'avait épouvanté si fort...

Enfin, on se rendit à la salle à manger, et l'on acheva dans le plaisir la mémorable journée du premier d'avril...

VI

Les anciennes coutumes disparaissent les unes après les autres, et tel amusement qui a fait la joie et les délices de nos pères ne nous présente plus aucun intérêt.

Qui songe donc aujourd'hui, dans notre société affairée, à la vieille mystification du poisson d'avril ?

Elle a été pourtant, dans toutes nos provinces, et pendant une longue suite de siècles, un sujet de divertissement de la plus haute saveur. On attendait ce jour avec impatience; on préparait la mystification de longue main, et c'était un véritable sujet de triomphe quand on était parvenu à berner un ami durant toute la matinée.

Ces espiègleries sont passées de mode.

Le poisson d'avril est mort. De nos jours, le temps est trop précieux pour le gaspiller de la sorte, et l'individu que l'on enverrait de Passy à la place du Trône, sous prétexte de premier avril, trouverait bien certainement la plaisanterie de mauvais goût.

D'où vient l'usage du poisson d'avril? Quelle est son origine? Questions fort embarrassantes!

Quelques écrivains ont prétendu qu'il renfermait une mauvaise allusion à la Passion de Notre-Seigneur Jésus-Christ, arrivée le 3 avril, et ils pensent que le mot *poisson* serait la corruption de celui de *Passion*. Cette étymologie est dénuée de toute vraisemblance.

D'autres prétendent qu'un prince de Lorraine, que Louis XIII faisait garder à vue dans le château de Nancy, trouva moyen de tromper la surveillance de ses gardiens, et se sauva, le premier avril, en traversant la Meurthe à la nage. Les Lorrains, gens d'esprit, auraient dit à cette occasion que c'était un poisson qu'on avait donné à garder aux geôliers. De là au poisson d'avril il n'y a qu'un pas.

Depuis ce temps, on nomme poisson d'avril une attrape, un piége quelconque tendu le premier jour de ce mois.

Donner un poisson d'avril, dit l'abbé Huet dans ses PROVERBES FRANÇAIS, c'est faire faire à quelqu'un une démarche inutile pour avoir l'occasion de se moquer de lui. Cette mauvaise plaisanterie n'a lieu que le premier jour du mois.

Les poissons d'avril sont aussi connus aux Etats-Unis qu'en Europe, et, entre toutes les villes, celle de Cincinnati cultive avec le plus de prédilection cette manie de mystifier les gens trop crédules.

L'an dernier, le nombre de ces victimes de la plaisanterie a été si considérable que, depuis, chacun se tient sur ses gardes.

Or, le premier avril de 1870, un habitant de Cincinnati, passant dans une rue des plus fréquentées, laissa tomber fort involontairement un porte-monnaie contenant deux cent cinquante dollars. A quelque chose les poissons d'avril sont bons ! Personne n'osa ramasser ce porte-monnaie, tant on redoutait les moqueries résultant d'une mystification. Aussi, quelques heures après avoir perdu ses deux cent cinquante dollars, le propriétaire les retrouvait-il intacts, bénissant *in petto* une aubaine que le premier avril avait seul rendue possible...

Une autre opinion, fort accréditée, fait remonter l'origine du poisson d'avril au changement opéré sous Charles IX, quand l'année, qui jusqu'alors avait commencé le jour de Pâques, dut s'ouvrir le premier janvier. Les étrennes du jour de l'an furent donc offertes trois mois plus tôt, et il ne resta dès lors pour l'ancien premier jour de l'an que des félicitations pures et simples, auxquelles les mauvais plaisants ajoutèrent des cadeaux ridicules ou des messages trompeurs.

Cette origine, quoique plus admissible que les autres, n'est peut-être pas la vraie non plus.

Il faut donc avouer que l'on ignore d'où

et comment nous est venu ce singulier usage.

Tout ce qu'on peut dire, c'est que le poisson d'avril a eu des adeptes, même à la cour, et l'on sait sans doute que le marquis de Loigny, ayant fait manger le *poisson* à un courtisan de Louis XIII, fut provoqué en duel par ce gentilhomme et tué d'un coup d'épée.

N'étant pas désireux de subir le même sort, permettez-moi, amis lecteurs, de renouveler l'ancienne coutume, qui faisait du premier avril le jour consacré aux souhaits, en désirant pour vous tous la réalisation de vos plus doux rêves : ce sera mon *poisson!*

LES

NAUFRAGÉS DE LA VIE

Vers le premier tiers de chaque jour, qu'il fût pur ou maussade, en été comme en hiver, il y a quelques années, on voyait, dans une villa gracieusement assise sur les bords de la Loire, une scène pastorale digne du pinceau de Greuze ou de celui de Teniers.

Une volée de pigeons s'abattait dans le rond-point d'un parterre, et, avec les pigeons, nombre d'oiseaux des bocages, linottes, pinsons, bouvreuils, mésanges, rouges-gorges, fauvettes et loriots. Alors une fillette et un garçonnet, dans leur toilette du matin, prenant des poignées de

grains dans un sac de toile pendu à leur
ceinture, les jetaient à profusion devant
ce petit monde des airs. Oisillons d'arriver
à tire-d'ailes, car ils savaient, les friands !
quel splendide banquet de céréales les attendait, et, zélés convives, ils ne dédai-
gnaient pas le festin.

C'était un véritable plaisir et une jouissance des plus douces de contempler ces
deux enfants, dont on devinait le cœur
d'or, faire ainsi, sous l'œil de leur mère,
des largesses de victuailles aux volatiles
de la vallée de la Loire. Au caquetage de
ceux-ci, célébrant la générosité de leurs
jeunes bienfaiteurs, se mêlaient les cris de
joie et les rires éclatants de nos deux pane-
tiers. Aussi je doute que Joseph, l'intendant
du pharaon d'Egypte, dans toute sa popu-
larité biblique, ait été plus aimé des rive-
rains du Nil, alors qu'il leur ouvrait ses
greniers d'abondance, quand survint la di-
sette, que ces charmants enfants de la
Touraine de leurs oiseaux, petits et
grands.

— Henri, vois donc comme ils sont heureux ! disait à son frère la voix fraîche de
la belle pourvoyeuse.

— Ce sont de bienheureux oiseaux ! répondit Henri ; ils ont ici la table, la promenade et les ombrages pour leurs ébats..

Puis il ajoutait aussitôt :

— Regarde donc, Fernande, la majes-
tueuse prestance de ce gros pigeon pattu.
Ne se rengorge-t-il pas comme le suisse de
notre paroisse à la tête de la procession ?

—C'est que sans doute il est un person-
nage d'importance dans sa caste... disait
la fillette. Quand il déjeune, c'est à coups
de bec qu'il écarte ceux qui osent l'approcher.

—Et cet oiseau dont le bec rouge semble du corail, continuait Henri, a-t-il l'œil
vif et l'aile frétillante !

— Comme il fait la loi aux mésanges
et aux fauvettes ! le gaillard...

— Et cette tourterelle, s'en donne-t-elle
à roucouler ?

— Sans perdre un grain d'orge encore !

— Par exemple, voilà un pinson qui a l'air bon vivant !

— Et cette pierrette... sentimentale, fait-elle la coquette !

— Petite mijaurée !

— Ne dirait-on pas qu'elle a peur de déformer son bec ?

Pendant ce dialogue, les poignées de grains lancées avec générosité crépitaient sur la tête et les ailes des oiseaux, qui se pressaient en faisant le gros dos, grommelant, piaillant, roucoulant, pépitant et disant merci à qui mieux mieux, chacun à sa façon. Enfin, les provisions épuisées, ces bandes repues, tout en chantant, s'éparpillèrent, qui sur les branches des lilas, qui sur le toit de la maison. Il y en eut même quelques-uns, mésanges et fauvettes, qui, plus familiers et favorisés par des caresses exceptionnelles, vinrent se hucher jusque sur l'épaule de Fernande, pendant qu'une tourterelle ne craignit pas d'accepter pour perchoir le bras que lui tendit Henri. Les autres s'envolèrent peu à peu et disparurent dans les bocages.

Les deux enfants, à leur tour, sur un signe de leur mère, rentrèrent dans la villa.

II

Veuve à vingt-huit ans, et mère de deux enfants, madame de Rochebrune, née Régina d'Orfeuille, a bravement accepté la mission que le ciel lui a confiée d'élever les deux petits êtres qu'elle chérit de toute son âme.

Fernande, sa fille, compte à peine huit ans. Elle est blonde, belle et pure comme un chérubin. Tous les instincts charmants de la nature féminine sont réunis dans sa personne. Elle sourit aux bonnes impressions de sa mère, comme une fleur printanière sourit au soleil.

Henri, son fils, est âgé de dix ans. Brun de cheveux, rose de visage, bleu par les yeux, de taille élégante, déjà cet enfant naïf et doux, caractère dévoué, mais rêveur et réfléchi, ne sachant rien encore des choses du monde, remarque cependant qu'il y a des riches et des pauves, devine qu'il touche de près, lui, à cette dernière classe, et comprend qu'il est l'avenir de sa famille. Aussi sa mère et sa sœur composent pour lui l'univers entier ; il ne voit rien au-delà.

C'est à Amboise, dans la Touraine, un peu à l'écart de la ville, mais en face des plus riants tableaux de la riche nature de cette belle contrée, sur les bords de la Loire, que madame de Rochebrune, à la mort du père de ses enfants, a fixé son séjour. Façades blanches de deux étages avec contrevents verts ; treillages verts comme les contrevents, garnis dans toute leur hauteur de plantes grimpantes dont les larges feuilles revêtent les teintes du plus beau pourpre sous l'ardeur du soleil, tel est le simple et pourtant délicieux cottage qui devient son asile. La maison, très heureusement distribuée, est pourvue de tout

le confort qu'une femme de goût sait parfaitement assortir à sa demeure. Mais ce
qui en fait surtout le charme, c'est un délicieux jardin, d'un arpent peut-être, qui
l'enserre d'une pelouse du plus fin gazon,
vaste émeraude sertie dans l'or d'une belle
allée circulaire, dont le tracé disparaît ici
et là sous des massifs de daturas, de rhodo-
dendrons, d'arbres de Judée, de sophoras
et de splendides magnolias. Sillonne et
embellit ce modeste paradis terrestre un
ruisselet qui descend d'une colline abritant
le cottage, tantôt sautillant sur des roches
en miniature, que surmonte un kiosque
décoré avec le goût d'un artiste et au pied
duquel s'ouvre un bassin pittoresque, où
les eaux en tombant en mignonnes casca-
telles s'irisent au soleil, et tantôt gazouil-
lent sur le lit de cailloux qui partage ca-
pricieusement la pelouse.

A madame de Rochebrune, femme de
sens, de raison, et qui ne sait que trop
déjà de combien de vicissitudes est semée
la vie, l'avenir de l'homme en général,

mais l'avenir de ses enfants en particulier semble plus chargé de vapeurs sombres que de lueurs dorées.

La fortune que lui a laissée son mari, maltraitée par des entreprises hasardeuses, se réduit à si peu !

Aussi veut-elle, pour Fernande, une éducation qui fasse d'elle une femme simple dans ses goûts et habile en toutes choses. Pour Henri, elle tient à des principes forts et à des études profondes qui lui ouvrent l'entrée d'une carrière honorable et lucrative.

Donc, en attendant le jour où elle se séparera de ses enfants, quand son instruction propre ne suffira plus à les former, elle les enveloppe l'un et l'autre de sa surveillance maternelle la plus active, et use de tous les moyens pour faire naître en eux des meilleurs sentiments qu'une excellente nature y tient à l'état latent, comme l'or se cache dans sa pépite.

Douleur et bonheur sont encore pour ces enfants de vains mots qu'ils prononcent comme fait un écho, sans les comprendre. Mais elle, âme grande et sainte, qui a la conscience de la valeur réelle de ces mots, cherche à leur épargner la première, et à leur ménager le second, par la façon dont son cœur de femme, riche d'amour, leur dévoile peu à peu les choses de notre vallée de larmes.

A remplir ainsi son devoir de mère, Régina trouve mieux qu'un adoucissement à sa peine; elle rencontre un charme exquis. Se mettant dès lors généreusement à l'œuvre, elle règle tout d'abord l'emploi du temps. Bien persuadée ensuite que les enfants peuvent apprendre, même et surtout en jouant, les éléments des sciences qu'ils doivent posséder, à Fernande et à Henri elle présente le travail sous l'aspect du plaisir, et Fernande et Henri s'y laissent prendre d'autant plus volontiers que tout travail est fait sous les yeux de leur mère, et que, cette mère tendre et si douce, ils la chérissent, l'un et l'autre, de toutes leurs facultés.

Janais placidité plus suave n'égala celle
de cette mère aimée! jamais calme plus
heureux ne monta au niveau de celui de
ces enfants chéris !

Aussi la petite lignée grandit à vue d'œil,
et, semblable aux plantes, elle annonce
floraison prochaine et abondante.

Habituée jusqu'alors au séjour de Paris,
après qu'un premier hiver, pluvieux et
froid, l'eut tenue renfermée dans le cottage, comme dans une serre chaude, et
qu'elle vit, au souffle des zéphyrs, tout
renaître dans la nature, tout s'animer et
fleurir, quelle ne fut pas la joie de la petite famille.

Bientôt, tout le temps qu'elle ne donnait pas à ses études enfantines, elle le
passait au grand air, dans le jardin. Régina de Rochebrune, côte à côte avec ses
enfants, leur montrait le ciel éclaircissant
peu à peu son voile de brouillards, et aussitôt qu'un rayon de soleil glissait par
quelque gerçure de nuages déchirés par
une brise, laissant voir l'azur du firma-

ment, elle leur disait que ce rayon de soleil était le regard de Dieu qui se fixait sur la terre, et que ce regard divin allait faire fleurir le monde...

III

En effet, le printemps arrivait petit à petit, et à l'entour du cottage tout reprenait un air de fête.

D'abord le ruisselet, que le froid de l'hiver avait métamorphosé en une cascade de stalactites de cristal encore tout grelottant, reprenait timidement ses cabrioles babillardes et sa promenade à travers les plates-bandes. Puis le jardin s'épanouissait à son tour. Les églantiers se couvraient de feuilles et se chargeaient de boutons ; les lilas commençaient à montrer leurs grappes de pourpre ; les acacias secouaient au vent leurs panaches odorants ; les chèvre-feuilles mariaient aux branches leurs arcades de guirlandes ; les grenadiers s'étoilaient en boucles de corail ; les

arbres de Judée laissaient poindre les ai-
grettes roses de leurs tiges ; les charmilles
prenaient des teintes d'émeraudes ; les
h uts marronniers, aux larges feuilles de
bronze, dressaient par milliers leurs élé-
gants plumets indiens ; enfin, l'allée circulaire et ses petites clairières se couvraient de la blanche neige des clématites,
des jasmins et de l'aubépine. En un mot,
dans cet étroit domaine, comme au-dehors,
tout était grâce, efflorescence, fraîcheur
et parfum. Il n'était pas jusqu'au cottage
qui, par ses fleurs grimpantes, ne reprît
un air de vie, de jeunesse et de joie.

De quels ramages s'animaient tous ces
massifs de verdure ! que de mélodies dans
ces retraites charmantes où chaque arbre
avait son nid et chaque nid sa couvée ! Le
merle siffleur répondait aux roucoulements
des ramiers ; la mésange essayait de rivaliser avec le rossignol ; le pic-vert sau-
tillait de branche en branche, railleur et
caquetant. Ici, le loriot perché solitairement au sommet des sycomores, y chan-

tait sa singulière cantilène ; là, sémillante
et bavarde, la grive poursuivait le bou-
vreuil pour piquer à sa place, d'un bec
avide, les baies des rosiers dont elle se-
couait les fleurs.

Alors, pendant que le *renouveau* trans-
formait ainsi les riantes collines qui ser-
vent de ceinture à la ville et au château
qu'habitèrent tour à tour Charles-le-Chauve,
Louis XI, Catherine de Médicis et Charles VIII, et de ces riantes collines et du
château descendait dans l'immense vallée
de la Loire, qui leur sert d'écrin, Régina
de Rochebrune expliquait à ses enfants
que la lumière est la puissance du monde ;
elle leur montrait comme quoi les fleurs,
épanouies et radieuses, nous rendent en
éclat, en parfums, en vertus bienfaisantes,
les influences reçues de tous les points du
ciel. Plus il y a de lumière, plus il y a de
vie dans l'univers. Elle livre à toute leur
fougue les fleurs, le feuillage, la verdure
et les légions ailées de l'air. Aussi cette
exubérance, ce réveil, cette joie de la na-

ture se communiquent à l'homme, qui semble renaître comme elle.

De cette façon, vous le comprenez, aucune étude n'était présentée à Henri et Fernande sous la figure âpre et sévère du travail. Leur cottage, ses albums et sa bibliothèque, son jardin et ses plantes, ses papillons et ses oiseaux, c'était là pour eux tout un paradis terrestre.

Pouvait-il en être autrement?

Leur bien-aimée mère soignait de ses mains tout ce qui constituait le petit domaine. De temps à autre, des amies de Paris enrichissaient la bibliothèque en envoyant au cottage les meilleurs livres de sciences et de découvertes. De ses beaux doigts effilés, Régina chargeait les albums de nouveaux dessins explicatifs, en harmonie avec ses leçons. Quant aux parterres, elle y groupait les plus jolies plantes qu'elle pouvait trouver : touffes de lis, buissons de roses, corbeilles de scabieuses, de myosotis, de tubéreuses, de pétunias, de tulipes, de renoncules; et

puis des bordures de cyclamens et de nar-
cisses, de jacinthes et de pieds d'alouet-
tes ; et des massifs de balsamines, de renoncules, de reines-marguerites, etc. C'é-
tait à ravir l'intelligence, d'une part; de
l'autre, c'était à charmer les yeux et l'o-
dorat.

Fernande, légère et court-vêtue, comme
la Perrette du *Pot au lait*, ses cheveux
blonds flottant au vent et les joues velou-
tées, semblait une fleur de plus au milieu
des plates-bandes. Elle allait, elle venait,
elle sautait, elle bondissait, comme un
faon, d'une fleur à l'autre. des roses-tré-
mières aux perce-neige, des œillets aux
camélias, redressant cette tige, arrondis-
sant cette palme, baisant cette verveine,
caressant cet héliotrope, tressant une couronne avec des violettes, pour la déposer
en riant de bonheur sur le front de sa
mère.

Henri, l'arrosoir à la main, le panama
sur la tête, la petite blouse bien serrée
aux reins, courait au bassin chercher l'eau

précieuse qui allait rafraîchir les dalhias
trop altérés, faire monter les phlox en pyramides purpurines, et rendre la vigueur à
l'hortensia incliné sur son pied desséché.

Assise sous un berceau de clématites,
dont la brûlante odeur l'enivrait, madame
de Rochebrune les regardait faire, et un
fluide d'amour s'échappait de son œil noir
pour suivre ses enfants sous les bosquets,
où leurs frais visages, enluminés par la
plus chaste jouissance, s'estompaient dans
l'ombre.

Mais les parterres et les bocages n'é-
taient pas le seul monde de cette modeste
et belle famille.

Il y avait bien pour elle un autre peuple
que celui des glaïeuls et des syringats, à
aimer, à étudier, à soigner, à rendre heureux. Roi et reine de leur petit univers,
Henri et Fernande ne découvraient pas,
sans s'appeler aussitôt et sans convier Régina aux naïves surprises de leurs admi-
rables découvertes, les merveilleux insectes qui fourmillaient sous le gazon, par-

fois serpentaient sur l'allée d'or pour y
mieux faire remarquer leurs riches corsa-
ges, leurs ailes diaprées, les pierres précieuses qui décoraient leurs robes d'azur,
leurs manteaux mordorés, et parfois aussi
s'engouffraient dans le calice des fleurs.
Ces cirons microscopiques promenant leur
pourpre cramoisie sur les corolles imma-
culées du lis et que l'on nomme des cra-
bons; ces émeraudes vivantes qui montent constamment et descendent de même
le long des tiges des plantes, leur mât de
cocagne, et que l'on appelle des coccinelles;
ces charmantes libellules, véritables fleurs
aériennes qui voltigent autour des eaux;
les atalantes aux robes de velours et les
apollons au corselet d'or qui peuplent nos
jardins, le matin ; les phalènes, les sphinx,
qui pleuvent, le soir, dans les campagnes;
les mille caprices animés d'un sol béni,
lucioles, argus bleus, faunes verts, faisaient tour à tour leurs délices et leurs
amours. Il n'était pas jusqu'au grillon du
foyer qu'ils n'aimassent et ne prissent
sous leur protection.

On raconte que notre Jeanne d'Arc s'était faite l'amie des passereaux, qui venaient se poser sur son épaule et se glissaient à la suite de grains d'orge ou de millet jusque dans le corsage de la belle vierge de Domremy. Ainsi faisaient les oiseaux du jardin avec Henri et Fernande, comme vous savez. De cette bonté généreuse et compatissante, il était advenu que les bosquets du cottage s'étaient convertis en une immense volière, dont les habitants chantaient leurs plus doux airs dès qu'ils apercevaient nos enfants, et qu'ils les suivaient, comme des poules et leurs poussins suivent une fermière, voletant autour d'eux et se familiarisant jusqu'à percher sur leurs épaules.

Ainsi la vie de Fernande et d'Henri se passait entre les oiseaux et les insectes, bijoux du ciel, et les fleurs, véritables mosaïques de la terre. Mais de ces trois trésors de la nature, celui que préféraient ces aimables enfants, c'était encore les fleurs.

En effet, le papillon glissait entre leurs

doigts, dont ils n'osaient le presser, de crainte de détruire sa beauté. Voulaient-ils surprendre quelque oiseau des rives de la Loire, un pic-vert par exemple, ou un martin-pêcheur égaré dans un massif? l'oiseau s'envolait bien vite et allait cher-cher un gîte ailleurs. Tandis que les fleurs, oh! les fleurs! les fleurs se laissaient pren-dre, baiser, caresser, aimer, cueillir mê-me!... Ils leur prêtaient une existence ca-chée sous une apparente insensibilité. Cela devint même chez eux une conviction profonde. Oui, selon les jeunes fantaisies de leur naïve imagination, ces fleurs étaient des êtres doués de pensée, de tendresse, d'affection, de sentiment : elles étaient joyeuses ou tristes, bien portantes ou ma-lades. Avec les unes, celles qui étaient fraîches, nos deux enfants riaient, jouaient, causaient, s'égayaient. Avec les autres, celles dont les pétales leur semblaient se flétrir, ils se faisaient leur médecin, leur consolateur.

Un matin, descendus au jardin plus tôt

qu'à l'ordinaire, ils virent leurs plates-bandes couvertes de rosée. Aussitôt Henri et Fernande de gémir, en disant, éplorés, que leurs fleurs avaient du chagrin et qu'elles avaient pleuré. Aussi, une fois, Régina les surprit arrosant d'eau sucrée une branche de jasmin que le soleil avait desséchée.

Leur mère profita bien vite de cette circonstance puérile pour leur expliquer ce que c'est que la vie, et ce que c'est que... la mort!...

Déjà l'excellente femme leur avait montré le regard du soleil animant et fécondant la nature ; elle leur fit remarquer ensuite que les fleurs qui s'ouvraient le matin, se refermaient le soir ; que les papillons qui accouraient aux heures chaudes du jour, allaient se cacher quand tombait la fraîcheur du soir ; enfin que les oiseaux qui s'éveillaient avant l'aube, s'endormaient avec le crépuscule. Seul, le rossignol veillait, se balançant aux pampres des collines, et chantait dans les vallées son hymne nocturne, en faisant chanter avec lui les échos mélodieux. Bref, elle concluait que ces gazouillements du matin et du soir, ces essors des fleurs volantes que l'on nomme papillons, ces douces senteurs des étoiles de la terre que l'on appelle fleurs, n'étaient autre chose que la prière sainte de la création entière, louant le Seigneur, et lui adressant le cri de leur amour.

Que de choses j'aurais à vous dire encore sur les extases dans lesquelles les plongeaient la présence des étoiles, de la lune, des comètes, des sphères célestes, opales, rubis, diamants et perles, trésors incomparables qui, chaque soir, attirant leurs regards, excitaient l'admiration de nos jeunes savants.

Je raconterai seulement que, fécondées ainsi sous l'inspiration de Régina, par les leçons qu'elle leur donnait et par des aspects journaliers de riche et de belle nature, les âmes d'Henri et de Fernande s'ouvrirent rapidement à l'intelligence du

beau, du bien et du vrai. Les horizons de
la vie, écartés par les mains maternelles,
se déployèrent peu à peu à leurs regards.
Ils comprirent Dieu et le monde, l'homme
et son histoire, la terre et ses calamités.

Leurs progrès en toutes choses furent
si rapides que vint bientôt, trop vite, hélas !
pour le cœur de la mère et pour celui des
enfants, l'heure, l'heure fatale de la séparation..

IV

Ce fut à la fin de juillet que madame de
Rochebrune résolut d'annoncer cette triste
nouvelle aux êtres bien-aimés qu'elle savait à l'avance devoir affliger cruellement,
en même temps qu'elle-même ressentirait
dans sa poitrine toutes les douleurs du
glaive à sept lames.

Elle attendit le soir, le soir d'une journée
lourde et pénible. Un soleil de plomb avait
pesé ce jour-là sur la campagne pénible-
ment assoupie. Une grande lassitude, une

vague terreur, un sombre découragement
dans les peines de la vie avaient fait sentir
leur poids à toute la nature. On craignait
une tempête. Les voisins inquiets, rassem-
blés sur le pas de leurs portes, ou causant
d'une fenêtre à l'autre, s'étaient montré
souvent de grands nuages cuivrés qui pas-
saient rapidement au-dessus de la longue
vallée de la Loire, comme d'immenses vagues, et allaient au loin vers le sud se con-
fondre dans une vaste mer teinte de sang
par les derniers rayons du soleil. Jamais le
ciel n'avait montré pareille couleur ; jamais l'astre du jour n'avait quitté la terre
en lui faisant d'aussi tristes adieux. Cependant l'orage attendu, redouté, n'éclata
pas.

Mais, dans le cottage, toujours si calme
et si joyeux, il y eut une scène déchirante,
et ce fut là qu'une terrible tourmente
éprouva cruellement les hôtes qui l'occu-
paient.

C'était dans le kiosque du jardin que se
trouvait la petite famille. Après maintes

circonlocutions timides, obscures d'abord, puis assez nettes pourtant, afin d'éveiller l'attention de ses enfants, madame de Rochebrune articula enfin la phrase qui allait porter le ravage dans ces jeunes existences, telle que le vent d'Afrique, le simoun, qui brûle, qui dessèche, et qui renverse tout sur son passage.

— A présent, mes amours, encore le beau mois de septembre à passer ici, cœur à cœur, dans notre cher cottage, et puis...

— Et puis?... Où irons-nous donc, tous ensemble? demanda l'impétueux Henri...

— Eh bien! alors, toi, mon Henri, tu seras conduit, par moi, au... collége de Pont-Levoy, dans... notre belle province de Touraine...

— Oh! mère, Henri ne... demeurera plus avec nous?... s'écria Fernande toute tremblante...

— Et toi, ma Fernande, je te confierai... à l'institution de madame Darcelle, à Tours, tout près d'Amboise... continua la pauvre mère haletante.

— Comment donc ?... Mais... nous serons donc séparés l'un de l'autre, tous les trois ?... fit la belle jeune fille en poussant un sanglot de désespoir.

— Au contraire, reprit vaillamment la bonne mère, nous serons à peine séparés... par quelques lieues, sur une même ligne, celle de la vallée, et nous formerons ainsi une chaîne... dont je serai le premier anneau, Fernande le second, et Henri le troisième...

Régina ne put en dire davantage ; elle était à bout de forces, et sa respiration oppressée lui fit défaut... Elle attendit anxieuse, immobile, la poitrine sans air, la réponse qu'elle supposait devoir jaillir de la bouche de ses enfants.

Mais Fernande se tordait dans les convulsions du désespoir, d'un désespoir morne, silencieux.

Quant à Henri, immobile comme sa mère, l'âme déchirée, il médita en apparence pendant quelques minutes, puis, sa réflexion faite dans un silence solennel, il articula lentement et d'une voix sombre ces quelques mots :

— Mère, maintenant que, sœur et moi, nous avons grandi en âge, en raison, je n'ose pas dire en sagesse, il me semble que tu pourrais nous faire connaître franchement quels sont tes revenus et quelle est notre fortune ?...

Madame de Rochebrune frissonna...

Ce langage froid, compassé, tout de la vie réelle, tout d'intérêt matériel, tandis qu'elle attendait une violente explosion d'amour filial menacé, en un mot cette sèche parole d'inquisition, l'effrayèrent... Elle pâlit et se sentit froid au cœur... quelque chose se brisa dans son être sous la violence du choc... Puis le sang se prit à marteler ses tempes, et une sorte de désespérance la saisit...

Pourtant, elle répondit :

— Riches, très riches même, il y a quelques années, mon fils, la mort de ton père nous a faits pauvres, très pauvres. D'une fortune de cinq cent mille francs qui

6

nous donnaient vingt-cinq mille francs de
revenu, nous sommes descendus à une misérable économie de quatre-vingt mille
francs que j'ai sauvés à grand'peine, et
qui ne nous donnent plus qu'une rente de
quatre mille francs... Il faut dire que sur
un petit excédant, j'ai acheté ce cottage,
afin d'éviter les loyers et...

A ces mots, Henri se précipita aux genoux de sa mère.

— Noble martyre, fit-il dans son naïf
langage d'enfant et de manière à rasséré-
ner bien vite l'âme endolorie de sa mère,
comme se dégourdit rapidement la terre
sous une brise chaude, je te croyais de
l'or plein les poches, à voir tout le bien-
être dont tu nous entoures, Fernande et
moi... Et voici que tu ne possèdes que de
la monnaie de billon !... Comment donc se
fait-il que nous ne manquons jamais de
rien ?... C'est donc que tu te prives toi-
même pour nous ? Oh! je reconnais bien là
notre mère si dévouée ! Hélas ! tu nous de-
mandes une séparation... bien cruelle :

tout-à-l'heure elle eût été au-dessus de mes forces... Mais tu es... pauvre, mère, et dès lors je veux bien, oui, je veux m'éloigner en effet... Ce sera pour un temps seulement, le temps qu'il me faudra pour acquérir les talents nécessaires... afin de te donner, à mon tour, le bonheur! Je te l'apporterai... un jour, va, bientôt même... ce bonheur! Oui, je changerai la monnaie de billon en bel or, et quand je serai assuré de pouvoir t'entourer de toutes les jouissances possibles, alors, avec sœur, je ne vivrai plus qu'à tes pieds, où je veux mourir, car, bonne mère, tu es ma vie, mon amour, ma seule espérance de félicité, ma richesse, notre trésor, n'est-ce pas, Fernande ?...

Fernande, redevenue plus calme en entendant le langage si raisonnable et si tendre que l'éducation maternelle inspirait à un enfant de dix ans, déjà grave et généreux penseur, Fernande, la main sur les yeux encore, ne répondait pas, ne pouvait pas répondre, la pauvre fillette!

Pleine d'affection pour sa mère, mais à sa façon et sans être douée de l'énergie de Henri, frappée au cœur depuis qu'elle voyait l'avenir, elle était évanouie...

Je renonce à vous peindre cette scène du cottage.

Cependant rappelée à la vie sur le cœur de sa mère par un appel magnétique de l'âme de Régina, Fernande ne reprit connaissance que pour fondre en larmes de nouveau.

Ces pleurs lui firent du bien. Elle enlaça madame de Rochebrune dans ses bras, comme le lierre enserre le chêne, et, sans mot dire, elle parut ne plus vouloir s'en détacher jamais. Ce fut alors, de la part de ces enfants mûris déjà par le soleil de l'amour intelligent de leur mère, une succession de scènes de tendresse, de douleur, d'espérance, de courage. Puis à la résolution sage venait se joindre une série de nouveaux déchirements, dans lesquels la pauvre femme se sentait quelquefois plus faible que sa fille, mais sans rien

laisser percer au-dehors des convulsions
de son cœur...

— Mais, mère, disait Fernande, puisque
j'en sais autant que toi, maintenant, qu'ai-
je besoin d'en apprendre davantage? Ton
savoir, à toi, honorée, respectée de tous,
citée souvent pour tes talents, ton savoir
ne me suffit-il pas, et que dois-je apprendre encore pour être plus heureuse que je
ne suis ?...

— De nos jours, pour assurer l'avenir
d'une femme, mon petit ange, lui répondait Régina, et surtout pour acquérir des
ressources donnant les moyens de faire
face au malheur, au malheur souvent im-
prévu, qui toujours menace l'existence la
plus heureuse en apparence, il faut des
talents et des connaissances que tu n'as
pas... Ainsi je voudrais que par les soins
de madame Darcelle tu arrivasses à
prendre des diplômes de second degré
d'abord, et de premier ensuite... Qu'il
t'arrive un revers de fortune, comme
tu sais qu'il m'en est arrivé à moi, contre

toute attente, certes, eh bien! alors dans
tes diplômes tu as immédiatement les
moyens, par ton talent et ton éducation,
d'ouvrir une maison et de donner des leçons qui, dans le naufrage, deviennent une
véritable planche de salut...

Alors Fernande, à demi convaincue, se
rejetait sur le sein de sa mère, pour pleurer et sangloter.

— Croyez-vous que... je serai plus heureuse... que vous, moi... dans cette solitude, et sans vous, mes enfants?... s'écria
tout-à-coup Régina, dans un suprême paroxysme de douleur...

En présence de ce cri d'angoisse difficilement contenu, Henri et Fernande, saisis-
sant leur mère par la ceinture et par le
cou, selon leur taille, lui dirent avec cet
élan du cœur qui est toujours l'expression
de la vérité :

— Nous partirons, mère bien-aimée;
nous nous séparerons avec courage, car
nous avons l'espoir, la certitude de nous
retrouver plus tard ensemble. Oui, nous

sommes décidés maintenant... Et pour nous consoler, nous nous écrirons souvent, et nous nous aimerons toujours!...

V

Au mois d'octobre suivant, la séparation, dont personne ne parlait plus qu'avec un doux sourire, cachant sans doute une grosse peine, eut lieu en effet.

La veille du jour fixé pour la rentrée des classes dans l'institution Darcelle comme au collége de Pont-Levoy, nos deux enfants allèrent ensemble, vers le soir, baiser toutes les fleurs, embrasser les arbustes, dire adieu aux parterres et aux bosquets du cottage. Puis ils répandirent des grains dans toutes les allées et les sentiers du petit domaine... C'était aussi leur adieu à leurs oiseaux chéris que du reste ils confiaient à leur mère, selon une convention faite entre eux.

On aurait pu croire que fleurs et oiseaux, eux aussi, devinaient la séparation

qui allait se faire, car, pendant la soirée,
les fleurs baissèrent tristement leurs calices et leurs tiges s'inclinèrent, d'une
part; et de l'autre, pendant toute la nuit,
au doux cla ˙ de lune, qui rendait le cottage blanc comme un suaire, il y eut un
rossignol, chargé sans doute par ses frères
d'exprimer leur douleur, qui ne cessa de
faire redire aux échos de la vallée ses plus
suaves fioritures et ses hymnes les plus
mélancoliques. Pas une note ne fut perdue
pour les oreilles de Fernande et d'Henri,
qui virent dans ce fait un prodige, car le
rossignol ne chante jamais qu'au printemps...

On dormit bien mal au cottage, cette
nuit-là !

Le lendemain, ce fut le cottage lui-même, où ils laissaient leur cœur, qui eut
aussi sa large part de caresses et d'a-
dieux... Ses chambres, son salon, le sanctuaire de madame de Rochebrune spéciale-
lement, où on avait reçu tant de précieuses leçons, le kiosque aux causeries si in-

times, tous les lieux témoins de tant de bonheurs évanouis, furent visités tour à tour, et... mouillés de larmes.

Enfin l'on partit!

Fernande fut laissée à Tours, et Henri fut conduit à Pont-Levoy.

A l'heure suprême de la séparation, par une muette convention des âmes, on ne pleura pas... On se sourit même. Mais quel mensonge dans ce sourire!

Aussi, quand chacun de nos personnages se retrouva seul, combien on se dédommagea...

Seuls!... Seule à Amboise!... Seule à Tours!... Seul à Pont-Levoy!...

Madame de Rochebrune revint ensevelir son deuil dans le cher cottage vide, vide comme une cage dont tous les oiseaux ont pris la volée... Ce fut en vain qu'elle y chercha ses enfants...

De leur côté, ceux-ci, en se réveillant dans un dortoir où ne se montrait pas un seul visage connu, aimé; dans un lit qui n'était plus parfumé de lavandes, la douce senteur du linge de la famille, après une première nuit, comme par une même inspiration mystérieuse, rêvèrent tout le jour aux moyens à employer pour s'échapper de leur prison, et courir à pied... jusqu'à Amboise...

Mais, grâce à Dieu !... ils restèrent, l'un à Pont-Levoy, l'autre à Tours, et ils firent bien...

VI

Quinze jours après ce premier drame de la vie de ses enfants, Régina recevait les lettres que voici :

« COLLÈGE DE PONT-LEVOY, jeudi, 20 octobre, 10 heures du matin.

» Mon petit corps est en prison à Pont-Levoy, ma chère maman, il ne peut plus te voir, ni voir ma Fernande ! Mais mon âme, qui a des ailes, a volé tout-à-l'heure, pour la cent millième fois, jusqu'au cottage, et me rapporte la nouvelle que tu

attends avec impatience une lettre de ton
enfant. Voilà, bien lentement écoulés, les
quinze premiers jours de notre séparation.
Comme tu l'as désiré, j'ai passé ces quinze
siècles avant de t'écrire... Mais, pour la
couronne de Charlemagne, je ne patiente-
rais pas une seconde de plus!...

» Je t'aimais bien au cottage, mère, mais
je t'aimais sans le savoir, comme je res-
pire, sans faire attention. Le pas que je
fais dans la vie change ma petite manière
d'être, et je sens aujourd'hui que je t'a-
dore, comme on adore Dieu, dont chaque
mère est le bras, sur la terre. Oui, dans
mon amour pour toi, il y a de ce respect,
de cette effusion, de cette tendresse que
nous inspire Dieu, si parfaitement bon
qu'il nous a tout donné... Que n'es-tu là
pour me voir te chérir à cette heure, comme je me dis que j'aurais dû t'aimer toujours?... C'est que, par mon souvenir qui
est toujours vers toi, par mes pensées qui
s'occupent de toi sans fin, par mes sentiments qui sont tous à toi, je devine ce

qu'est une mère... Une mère est un être
dont la vie se consacre à notre vie, dont le
sang est notre sang, et notre cœur son
cœur; un être qui est heureux de souffrir
en faveur de ses enfants, et pour qui peines et douleurs deviennent des joies et des
plaisirs du moment qu'il les endure pour
leur avantage... Tout cela, que ne l'ai-je
compris plus tôt! Mais je vais rattraper le
temps perdu, et t'aimer, t'aimer toute ma
vie, tant que mon cœur aura un battement, fût-il vieux comme Mathusalem...

» Est-ce qu'il y a des enfants qui n'aiment pas leurs mères, dis, maman?...
Oh! j'espère bien que non!

» Je me plairais au collège si je t'avais
près de moi, mère... Aussi, quand le chagrin me saisit, je me rappelle bien vite ce
que tu m'as souvent répété, à savoir que
ton souvenir doit être pour moi un encou-
ragement à bien faire.

» Nous nous levons, comme tu sais, à six
heures du matin. Après la prière où tu n'es

pas oubliée, non plus que sœur, puisque vous êtes tout pour moi, vient la première étude. Afin de m'appliquer mieux, je me figure sans cesse que tu as l'œil sur moi. Et, en effet, un frôlement imperceptible, un bruit léger comme celui de deux lèvres qui m'effleurent le front, quelque chose de vague, d'indéterminé, me dit que ton âme voltige constamment autour de mon pupitre. Alors je redouble d'ardeur, de sorte que je n'ai pas encore passé un jour sans avoir su mes leçons, fait mes devoirs, recopié mes corrigés, et même lu quelques pages, comme tu me l'as tant recommandé, pour former mes idées et mon style.

» A huit heures l'on déjeune. On n'a qu'une soupe et un peu de pain. Cela ne vaut pas le chocolat et les brioches du cottage, et je sens que la bonne Catherine n'est plus ma cuisinière ; mais quand je songe, mère, que pour nous donner toutes ces douceurs tu te privais toi-même !... je me mets en colère contre moi d'avoir été

si longtemps égoïste et gourmand !... c'est
si laid d'être gourmand !...

» La classe a lieu à neuf heures. Elle est
confiée à de très bons maîtres. Sa durée est
de deux heures. Nous y sommes en nombre, quarante, je crois. C'est peut-être
beaucoup, mais notre professeur est si dévoué qu'il ne craint pas de répéter plusieurs fois la même explication, jusqu'à ce
que tous l'aient comprise. Nous avançons
rapidement dans les éléments du grec et
du latin que, ici, l'on fait marcher de pair.
Je sais déjà que *regina*, ton nom chéri,
mère bien-aimée, veut dire *reine*, ce que tu
m'as toujours laissé ignorer, mais ce que
mon cœur m'a dit depuis longtemps. Aussi
ne décliné-je jamais *rosa*, *la rose*, moi,
mais toujours *regina*, la *reine* de ma vie.
Tu peux croire que je m'en tire à merveille. Quant au français, je suis, dit-on, le
plus fort, ainsi qu'en histoire et en géo-
graphie. Cela ne m'étonne pas, et j'en
suis fier, car c'est de toi que je tiens ces
premières connaissances. Hier, on a com-

posé en orthographe pour la première fois.
J'ai invoqué Dieu et toi avant de me mettre
au travail, et, ce matin, par l'indiscrétion
d'un élève qui a vu les copies corrigées
et classées chez notre professeur, on dit
tout bas que je suis le premier. Si cela est,
vois-tu, mère, je serai le plus heureux
enfant du globe, à cause du bonheur que
tu en ressentiras. En tout cas, je me suis
bien appliqué... à ton intention.

» A la classe du matin succède une étude. Après quoi sonne le dîner, à midi. Le
repas est fort bon, et en vérité je ne com-
prends pas qu'il y ait des élèves qui s'cr
plaignent, Comment sont-ils donc nourris
chez eux, ces importants seigneurs? A
midi et demi, récréation... c'est pour moi
le plus mauvais moment de la journée.
Ne me crois pas difficile en camarades,
chère maman. Mais, hélas ! j'ai eu tant de
délicieuses récréations avec toi, Fernande,
nos oiseaux, nos papillons et nos fleurs,
que je ne voudrais pas d'autres amis... jamais! Je sais que, ici, cela ne peut être;

en outre, je me rappelle combien de pré-
cautions tu m'as recommandé de mettre
dans le choix des élèves avec lesquels je
voudrais faire amitié, je les observe donc:
mais peu de visages me sont sympathiques. Les élèves sont généralement tapa-
geurs ; plusieurs se montrent grossiers ; il
y en a beaucoup de trivials. De ces deux
dernières sortes je ne puis m'approcher. Le
seul camarade de mon âge dont la société
me ferait plaisir est un petit homme de ma
division, timide, modeste, sage, et en même temps des plus capables. On le nomme
Eliacin. Ce nom biblique m'a frappé. Eliacin est en harmonie avec son nom, du
reste : il se tient presque toujours à l'écart,
un livre à la main, dans l'endroit le plus
calme de la récréation. On le dit orphelin,
ce qui explique, à mes yeux et à mon
cœur, la mélancolie de sa manière d'être.
je n'ai pas osé l'aborder jusqu'à présent ;
mais je désire beaucoup faire sa connaissance. Puisse son ramage ressembler à son
plumage!

» Etude à une heure et demie, et classe à trois heures. A cinq, petite récréation, puis autre étude jusqu'à sept. On soupe alors. Une dernière récréation suit le repas, et enfin, après la prière du soir, on se couche. C'est au lit, dans le silence et la paix, que je suis le plus heureux, car je pense à toi, mère, *mea Regina amata*, et à notre petite Fernande. Pauvre Fernande ! comment se trouve-t-elle dans sa pension ? Si tu savais de combien de pensées, de projets, de désirs, mon oreiller devient le confident, avant que je ne m'endorme !...

» Voici l'avant-quart de midi, on va sonner la fin de l'étude, je m'arrête. Dans l'après-midi, aujourd'hui jeudi, promenade, musique en tête, à travers les plaines de notre belle Touraine. Certes, mon âme ne sonnera pas des fanfares, comme les instruments. Je chercherai avec elle les plus beaux nuages d'or emportés par la brise d'automne du côté d'Amboise, pour les charger de tous mes baisers et de toutes les caresses possibles pour toi. J'en

vois un dans ce moment, par la fenêtre de
notre salle ; il est couleur pourpre, comme
le char d'un ange, et il en a la forme. Il
vogue dans la direction de notre cottage.
Puisse-t-il être remarqué de toi et laisser
tomber à tes pieds toute une pluie de tendresses !...

» Adieu, mère chérie, mère bien-aimée,
joie de ma vie et de mon âme, adieu ! Que
ce mot : adieu! ne t'effraie pas ! il recom-
mande au Seigneur ce que j'ai de plus
cher...

» Sois bien assurée que je me porte parfaitement. Je viens de causer avec toi
cœur à cœur et je m'en trouve tout ré-
joui... je cause bien souvent ainsi. N'as-tu
pas dans moi une voix avec qui je parle et
qui me répond ? C'est un écho de ton âme
que j'ai emporté et que je garde comme
mon trésor et la source de la vaillance que
je veux montrer au travail.

» Aime-moi, mère, et dix mille baisers
du fils qui te chérit et ne vit qu'en toi et
pour toi...

            » HENRI DE ROCHEBRUNE. »

— Cher enfant!... fit Régina, les yeux
mouillés de larmes et solitairement assise
dans le kiosque, afin de se mieux recueil-
lir pour entendre parler la lettre d'Henri;
cher enfant!... il aura mon cœur!... Cette
poésie enfantine de ses idées charmantes
me sourit... Le jeune homme qui est ainsi
sous le prestige des bontés de la nature et
qui revêt ses pensées de formes pittoresques, n'est jamais méchant ni ingrat... Il
n'est pas même léger, car...

Notre jeune veuve en était au milieu de
sa phrase quand un coup de sonnette se
fit entendre à la grille du cottage... C'é-
tait le facteur qui, se présentant de nouveau, apportait une lettre timbrée de
Tours.

— Chers cœurs, ils s'entendent comme
s'ils n'en formaient qu'un!... murmura
l'heureuse mère en recevant la lettre de
sa fille des mains de sa femme de chambre.

Aussitôt elle l'ouvrit avec le même
tremblement de toute sa personne qui déjà

l'avait agitée lorsqu'elle rompit le cachet de la lettre de Pont-Levoy.

C'est une justice à rendre à cette excellente mère, que, dans sa tendresse maternelle, ses deux enfants avaient de son cœur une part bien égale de soins et d'amour.

Voici ce que lut madame de Rochebrune :

« INSTITUTION DARCELLE, à Tours, jeudi 29 octobre, 10 heures du matin.

— Juste la même date et la même heure que la date et l'heure de la lettre de mon Henri ! fit Régina en interrompant tout d'abord sa lecture. La belle organisation de mes enfants est si apte à saisir, à sentir tout ce qui est bon, tout ce qui est beau !... J'ai remarqué souvent, bien souvent, ici, que la pensée, le désir, l'idée de Fernande, étaient simultanément, instinctivement, la pensée, le désir, l'idée de mon Henri, et réciproquement. Je ne sais quel magnétisme mystérieux, invariable, unit ces deux petits êtres. Séparés, ce même fluide les rattache invisiblement, et son courant magique les met en communication l'un avec l'autre. Ils se devinent, ils se comprennent et ils agissent ensemble semblablement. Du reste, il en est de même de moi à eux, car tout-à-l'heure, au premier coup de sonnette, je m'étais dit : C'est la lettre de mon Henri ! et, au second, j'ai pensé : Voici maintenant celle de ma Fernande ! Ah ! c'est que du moment où les âmes sont confondues dans un même amour, un lien sacré, malgré toutes les distances elles subissent les mêmes impressions...

Puis, après avoir poussé un profond soupir, elle continua la lecture de la lettre :

« Mère, loin de toi, loin de mon frère, je suis un corps sans âme, ou plutôt mon âme isolée, désolée, en proie à mille déchirements, sent, oh! sent bien vivement tout ce qui lui manque! Je me demande cent fois par jour : comment peut-on vivre loin de sa mère! Quoi donc, y a-t-il des

enfants qui, n'attachant pas de prix aux
tendresses et à la présence de leur mère,
s'en éloignent volontiers et le cœur froid?
Si j'étais libre! avec quel empressement je
retournerais près de toi! Mais c'est autant
de dérobé à mon amour et à mes caresses
que ces jours, ces mois, ces années que je
vais passer en exil, loin de toi! C'est horrible cette pensée-là! La vie est si courte,
et il faut que j'en sacrifie encore une partie à ne pas te voir, à ne pas t'entendre, à
ne pas te chérir de près?... Ah! bonne
mère, je t'aime, moi, et je ne suis pas heureuse à Tours, pendant que tu es à Amboise... On est à merveille, assurément,
sous tous les rapports même, chez madame
Darcelle, je te le dis tout de suite pour te
rassurer; mais tu n'es pas avec moi, Henri
n'est pas là, et où puis-je être bien sans toi
et sans mon Henri? Ma mère, mon Henri,
mes oiseaux, mes papillons, mes fleurs,
mon cottage, où êtes-vous?... Pour vous
revoir, par la pensée seulement, que de
voyages ne faisais-je pas chaque jour, à

toute heure ! Mère, je t'aime comme je ne
savais pas t'aimer ! Est-ce donc la priva-
tion de l'objet de l'amour qui fait que l'on
comprend mieux la tendresse, les soins
dont on voudrait l'entourer ! Pourquoi sé-
parer ce que Dieu avait si bien uni ? N'est-
ce pas un crime ? Je me surprends quelquefois à désirer remplir les fonctions de
camériste près de toi, maman, pour être
avec toi, pour te voir, pour t'entendre,
pour te parler... Hélas ! il faut que je sois
loin, mon avenir l'exige !... L'avenir ! oh !
je le paie de toutes mes douleurs du présent !...

» On dit que les Croisés, en partant pour
la Terre-Sainte, s'écriaient :

» — Dieu le veut ! Dieu le veut !

» Moi, pour rester à Tours, loin de toi,
je suis obligée de me dire sans fin :

» — Mère le veut ! mère le veut !

» Alors, je reste, je reprends courage,
je travaille même au point de mériter des
éloges de mes trop bonnes maîtresses.
C'est que, en travaillant, je pense à toi, je

te vois et je t'aime ! Et puis, quand je sens
venir la défaillance, j'ouvre bien vite mon
pupitre, et dans mon pupitre le beau coffret d'ébène que tu m'as donné. C'est mon
petit sanctuaire, à moi, ce coffret. Dans ce
sanctuaire j'ai dressé un autel, et sur cet
autel j'ai placé tout ce que j'aime au monde : la boucle de tes beaux cheveux que
tu m'as donnée, mère, et la boucle des
cheveux de mon Henri ! A l'entour, j'ai
semé les fleurs flétries et desséchées pri-
ses à notre jardin, et là, en face de ces re-
liques sacrées, je me retrempe dans la résolution de tout faire, coûte que coûte,
pour te rendre heureuse et fière, heureuse
par moi et fière de moi !... »

— Cher amour ! fit la bonne mère, émue
jusqu'aux larmes, comme elle prouve bien
ce que je disais tout-à-l'heure, que son
cœur et le cœur d'Henri ne font qu'un !...
Ce sont bien les mêmes pensées exprimées
sous une autre forme de langage...

Et madame de Rochebrune acheva la
lecture de la lettre, dont je ne vous dirai

pas la teneur, car elle ne vous apprendrait rien de nouveau à l'endroit de l'amour de Fernande pour sa mère. Elle se terminait ainsi :

« Adieu, mère, adieu! Je t'écrirais éternellement avec le même bonheur, pour te redire toujours la même chose, à savoir que tu es ma vie, ma belle fortune, *mon avenir!* mais je n'en veux pas d'autre... Un autre me fera-t-il te chérir et t'aimer d'avantage? adieu donc, bon ange, adieu, mère, dont chaque battement de mon cœur dit le nom avec amour...

» Ta fille, FERNANDE DE ROCHEBRUNE. »

Maintenant, ami lecteur, n'attendez pas de moi que je vous ouvre la correspondance entière qui s'établit entre les deux enfants et leur mère, ni que je vous détaille les mille petites péripéties qui résultent de leur séjour au collége et dans l'institution. Ce serait à n'en plus finir.

Je vais simplement vous faire part des faits principaux dont les lettres d'Henri et de Fernando entretiennent souvent Régina de Rochebrune, la recluse d'Amboise.

VII

Au nord-ouest de la Touraine, à qui sa beauté charmante et sa fécondité singulière ont valu le gracieux surnom de Jardin de la France, la vallée du Cher se détache de la vallée de la Loire. Mais dans la vallée du Cher, comme dans celle de la Loire, la nature déploie la même grâce, la même mélancolie qui baigne l'horizon, infléchit les contours, adoucit les pentes et mêle au paysage une beauté de plus.

Le Cher, qui brise ses eaux tranquilles aux arches du manoir de Chenonceaux, aux chaumières de Bléré et aux ruines de Plessis-lez-Tours, parmi lesquelles erre encore le sinistre fantôme de Louis XI, ajoute une plainte éternelle à toutes ces harmonies de l'art et de la nature, et semble pleurer sur ces théâtres de tant de grandeurs déchues.

A mesure que d'Amboise on avance vers Pont-Levoy, la vue s'élargit, de délicieuses perspectives s'ouvrent de tous les côtés. Nombre de maisonnettes, enfouies dans les feuillages, relevées de briques rouges et blanches, moussues à faire croire qu'elles sont coiffées de velours, s'avancent curieusement entre les branches pour regarder passer le voyageur. Ici et là, le terrain ondule mollement, de façon à rompre la motonie des ligues, et l'on voit miroiter des eaux sous des rayons obliques de lumière et s'écailler brusquement, comme des palettes d'argent, le toit d'ardoise de quelque clocher. Puis des bois serpentent sur de gracieuses collines, et parfois de grandes trouées laissent pénétrer le regard dans des prairies du vert le plus délicieusement printanier que l'on puisse rêver. Alors aussi, sur mille points se découvrent quantité de sites, calmes et reposés, où l'on aimerait à passer sa vie et où l'on voudrait reposer dans la tombe.

Or, à travers cette belle vallée du Cher, un jour, un jeudi du mois de juillet qui avait précédé la séparation de la petite famille de Rochebrune, après une journée chaude et brûlante, une musique militaire assez bien composée faisait entendre une marche brillante sur la route qui de Pont-Levoy remonte vers Chenonceaux. Aussi, tous les paysans, qui récoltaient alors leurs moissons, sortaient-ils à mi-corps de leurs blés mûrs tombant sous la faucille, ou montaient-ils sur les chars déjà couverts de gerbes dorées, pour entendre cette musique et voir défiler le régiment qu'elle précédait. Mais ils reconnaissaient bien vite que ce régiment n'était autre que les bandes joyeuses des élèves de Pont-Levoy qui, faisant leur promenade habituelle du jeudi, s'avançaient dans la plaine, relevant fièrement la tête devant les Tourangeaux. Le matin même avait eu lieu la première grande composition pour les prix, et nos jeunes étudiants allaient passer l'après-

midi sous les ombrages de Chenonceaux,
et visiter, au moins les classes supérieures, les rares trésors de ce vieux manoir :
armures de tous les âges, panoplies mo-
dernes, lits de chêne sculpté, lourdes draperies de brocart, tentures de cuir doré,
glaces de Venise, drageoirs, missels,
prie-Dieu, fauteuils écussonnés, vitraux,
crédences, boiseries, toutes merveilles
dont le propriétaire actuel a si bien décoré
cet antique séjour que, une fois la poterne
passée, on se croirait dans une habitation
royale du xvi° siècle.

Nos jeunes élèves avaient dépassé le
bois de Laleu et ils arrivaient à Chisseau,
lorsque subitement le soleil déroba sa lumière. Toutes les têtes de se porter vers
les cieux et de remarquer, seulement alors,
que petit à petit un orage s'était formé
et qu'il menaçait de nuire aux plaisirs de
la journée.

C'était précisément cet orage qui signala
la soirée pendant laquelle madame de Rochebrune annonçait à ses enfants, dans le

kiosque du cottage, que leur séparation prochaine devait avoir lieu.

En effet, bientôt passa dans les airs une brise chaude et sifflante, si étrange, si peu attendue, que, sans échanger une parole, nos collégiens de Pont-Levoy accueillirent de grand cœur l'idée des maîtres de rebrousser chemin.

Il y avait lieu de s'effrayer. L'air était redevenu calme, sec et éminemment électrique... Mais les nuages étaient hauts et affectaient des formes fantastiques qui n'avaient rien de rassurant. Ces nuages n'étaient pas réunis en grandes masses, mais groupés çà et là de la manière la plus pittoresque, obstruant tout le midi et le couchant. Le firmament s'assombrissait; les éclairs qui le sillonnaient devenaient d'une fréquence et d'un éclat peu ordinaires. Il y en avait même qui offraient des nuances inaccoutumées, et beaucoup se dirigeaient vers la terre en lignes brisées plus ou moins obliques. Le bruit du tonnerre, qui bientôt se fit entendre, était singulier.

Les brusques détonations se répétaient à des intervalles très courts. On eût dit le roulement de l'artillerie.

Alors nos étudiants, très surpris et peu rassurés, les villageois répandus en grand nombre dans les champs, les paysans même qui étaient restés au logis, entendirent tout-à-coup dans le ciel, non sans un grand étonnement, un fracas analogue à celui d'une voiture, d'un chariot mal graissé, qui descendrait avec vitesse le long d'un chemin raboteux et couvert de cailloux. Puis le zénith resplendit de feux électriques éblouissants, la foudre tonna avec une violence inimaginable, et d'un nuage cuivré, tout rutilant de reflets semblables à ceux d'une immense fournaise, se détacha, ou plutôt parut se détacher un énorme météore, vrai globe de feu rougeâtre, bronzé à son centre, lumineux sur les bords, qui, dans sa marche rapide vers la terre, produisit ce bruit étrange de chariot grinçant sur des cailloux, et vint éclater sur le sol avec une explosion formidable.

en écrasant dans sa chute une chaumière placée en vedette sur la lisière du bois de Laleu.

L'événement, le phénomène était assez curieux pour que nos collégiens désirassent s'approcher du lieu frappé par le météore. D'ailleurs, ce qui ajouta incontinent une circonstance dramatique au fait qui se produisait, fut l'incendie qui tout-à-coup se déclara dans la chaumière. A raison de l'obscurité blafarde qui couvrait la vallée, on vit soudain jaillir des flammes du toit de chaume, comme si vingt maisons brûlaient.

Nos collégiens s'élancèrent aussitôt vers la gerbe de feu qui s'élevait de la chaumière et que le vent furieux, qui commençait à souffler, faisait ondoyer avec rage. En effet, le toit de la pauvre maisonnette s'envolait par flocons de paille enflammée, quand ils arrivèrent à sa portée, haletants et couverts de sueur. Les bonnes femmes du voisinage s'étaient déjà réunies autour du foyer du sinistre et s'épuisaient en clameurs, en doléances inutiles, sans aider d'un geste : le peu d'hommes qui se trouvaient là perdaient la tête. Plus calmes, les élèves se mirent incontinent à l'œuvre, au moins les plus grands, qui fort heureusement étaient nombreux. Ils reconnurent bientôt qu'ils ne pouvaient sauver la chaumière. Mais les maîtres, apprenant de l'infortunée paysanne dont la demeure était incendiée, et qui se tordait dans les convulsions du désespoir, que sa vache, ses chèvres et ses brebis allaient périr dans la bergerie que les flammes entouraient, enfoncèrent la muraille à l'arrière du bâtiment, encore intact de ce côté, et trouvant immobiles les pauvres animaux glacés par la terreur, ils les arrachèrent un à un de l'étable, nonobstant l'épaisse fumée qui les aveuglait, et les enfermèrent dans un jardin voisin.

Aussitôt une voix s'écria avec un accent de détresse inimaginable :

— Et votre enfant, le petit Pierre, qu'

tout-à-l'heure dormait sur le foin, où est-il donc, la mère Baró?...

—Ah! mon enfant, mon enfant, où est-il?... Pierre, Pierre, où es-tu?... hurla comme une louve la pauvre mère, épouvantée au souvenir de l'enfant qu'elle croyait parmi la foule.

En même temps, la misérable femme, ainsi menacée dans ce qu'elle avait de plus cher, se prosternant à genoux, éplorée, le visage sillonné de larmes, s'écriait :

— Maître Jacques, c'est vous qui avez le premier pensé à mon enfant, merci! mais sauvez-le! Venez avec moi, aidez-moi à l'arracher au feu... C'était votre meilleur écolier, vous l'aimiez bien, voyez, il va périr... Oh! mon Dieu! le pauvre petit être va être englouti par ces flammes... Venez, maître Jacques, je vous bénirai toute ma vie!...

A ce cri de suprême angoisse, et sans attendre l'acte de dévoûment que sollicitait du maître d'école quelque peu hésitant la mère de l'enfant, deux des plus grands

collégiens se font renseigner par maître
Jacques, puis, sans délibérer, s'engagent
dans la fournaise qui dévore la grange at-
tenante à la chaumière. Le ciel bénit leurs
efforts, car ils sont assez heureux pour
trouver le petit paysan encore endormi, et
l'apportent en hâte à sa mère, sain et
sauf...

Je m'abstiens de vous peindre la scène
qui se passe, quand nos jeunes héros expo-
sent ainsi leur vie pour sauver celle de
leur semblable, et celle qui lui succède
quand ils rendent l'enfant à la lumière.

Mais alors le réveil étonné de ce petit
être, qui comprend à peine le danger au-
quel il échappe, la joie de la brave villa-
geoise pour qui la perte de sa maison n'est
plus rien en regard du martyre de son
fils, et enfin la misère dans laquelle ils
devinent que va tomber cette famille infortunée, car la mère Baré est veuve depuis
peu, on le leur dit, inspirent soudain l'âme
généreuse de nos jeunes élèves. Ils con-
sultent les maîtres qui les accompagnent

et qui leur ont donné l'exemple du courage, et, avec leur agrément, ils improvisent entre eux une collecte dont le produit assez fort est aussitôt remis à l'intéressante Tourangelle. En même temps, ils lui annoncent qu'ils adoptent tous collectivement son cher petit Pierre, dont ils feront leur camarade, et qui, à la rentrée d'octobre, deviendra, comme eux, élève du collége de Pont-Levoy. En dernier lieu, il s'engagent à lui faciliter dans l'avenir l'entrée d'une carrière en harmonie avec ses goûts...

Représentez-vous, amis, la joie de la mère et l'étonnement béat du petit Pierre!

Cependant le météore n'a fait qu'effleurer la chaumière qu'il a incendiée. Il a bondi à quelques mètres de là, sur le sol de la route, et y creusant un trou rond assez profond, il s'est enfoui de lui-même dans le sein de la terre.

Les curieux se sont empressés d'y courir. Dans la profondeur de quelques centimètres de l'excavation, on voit une masse

de pierre noircie à sa surface, grise en-
dedans, grenue, friable, parsemée de
points brillants et de filets ferrugineux. Sa
chaleur est telle que l'on ne peut y appliquer la main.

L'un des maîtres explique aux élèves
que ce météore n'est autre qu'un bolide,
ce que le vulgaire appelle un aérolithe,
une étoile filante, une pierre de la lune.

— Les bolides ou aérolithes, leur dit-il,
que l'on a supposé d'abord lancés par les
volcans de la lune, et que l'on est disposé
aujourd'hui à regarder comme des frag-
ments de petites planètes qui circulent
dans l'espace et cèdent parfois à l'attraction
de la terre quand elles entrent dans sa
sphère d'activité, sont généralement ar-
rondies et recouvertes d'une écorce noire,
comme vous voyez là. Elles se composent
de substances terreuses ou métalliques.
Ainsi que vous l'avez vu tout-à-l'heure, la
chute des aérolithes est ordinairement
précédée de l'apparition de globes enflam-
més qui se meuvent avec une grande vi-

tesse et finissent par éclater avec violence. Ces globes ne sont autre chose que l'aérolithe lui-même que la rapidité de sa chute enflamme. Ils arrivent ainsi brûlants à la surface de la terre, où ils s'éteignent, et dégagent presque toujours des vapeurs sulfureuses, qui ont été l'aliment du feu qu'ils ont dégagé...

Le désir de voir et de connaître satisfait ainsi par la leçon du maître, donnée en plein air, on remarque que le soir vient, et alors, heureux de cette après-midi passée dans une œuvre de noble charité, nos collégiens, bénis par la mère, bénis par la foule, bénis par le petit Pierre, leur futur commensal, retournent à Pont-Levoy.

— Nous avions jusqu'à présent la *Fille du Régiment*... disent les élèves de rhétorique, maintenant nous aurons le *Fils des Collégiens de Pont-Levoy!*...

C'est ce petit Pierre que notre Henri de Rochebrune trouve à Pont-Levoy, sous le nom d'Eliacin.

Ses *petits pères,* comme il appelle les

élèves du collége, l'ont ainsi baptisé parce que, sage comme Joas, dont la Bible raconte la touchante histoire, et qui fut enlevé, sous ce nom d'Eliacin, aux fureurs d'Athalie, par le grand-prêtre Joab et sa femme Josabeth, l'Eliacin de Pont-Levoy en imite les vertus et la piété. Aussi c'est une joie pure de voir comme les professeurs aiment cet Eliacin, et comme le chérissent ses camarades. Malheur à qui toucherait au Fils des Collégiens! Jamais un mot, jamais un geste ne font comprendre à l'aimable enfant qu'il est un paysan, arraché à la misère par la générosité de ses jeunes amis. Tous l'enrichissent de leurs bourses, des dons qu'on leur adresse, et cela avec une exquise délicatesse et une prévenance heureuse.

Je vous laisse à penser combien grande est la félicité d'Henri quand, après l'examen qu'il s'était proposé de faire de cet élève, il l'aborde un jour. Ces deux natures distinguées se comprennent bientôt mutuellement, et Henri et Eliacin deviennent rapidement deux amis inséparables.

Alors on les voit l'un et l'autre rivaliser de zèle pour le travail, l'application, la douceur, la politesse, la piété, la bonne conduite qui en est la conséquence, et les succès qui en sont la suite. Aimés tous les deux de leurs camarades, ils se font estimer de leurs maîtres. Eliacin comprend que, fils adoptif du collège, il ne peut porter haut la tête qu'autant qu'il se montrera un élève modèle; et comme son intelligence est vive et prompte, le brave petit écolier de maître Jacques devient l'honneur de Pont-Levoy et la gloire de ses jeunes protecteurs.

VII

Croira-t-on néanmoins que, parmi les élèves, il en est quelques-uns, lâchement envieux, bassement jaloux, qui prennent en haine nos deux amis?

Leurs progrès les irritent; leurs triomphes les blessent; l'intérêt dont ils sont l'objet leur déplaît; l'amitié qu'on leur porte les choque; il n'est pas un mauvais tour dont ils ne cherchent à les rendre victimes.

Telle est l'humaine nature! Le beau, le bien, le vrai ne sont pas sympathiques à tous les hommes, et il s'en trouve toujours qui, sourdement gangrenés par le vice, ont horreur de la vertu!

Dans Athènes, les lauriers de Miltiade empêchaient Thémistocle de dormir. Au collége de Pont-Levoy, les talents naissants et la sagesse d'Eliacin et d'Henri mettent en émoi l'ignorance et la turpitude de certains élèves abâtardis par la paresse et d'ignobles défauts.

Aux deux élèves si studieux et si soumis à la règle, ces misérables rivaux tantôt dérobent leurs copies afin que le professeur ait enfin l'occasion de les trouver en faute; tantôt ils cachent leurs livres pour les mettre dans l'impossibilité d'apprendre leurs

-leçons. Y a-t-il une mauvaise action de commise? Ils s'entendent secrètement pour en faire tomber l'accusation sur Henri et Eliacin.

Une nuit, la montre en or d'un élève est volée à son chevet... Le lendemain, on la trouve au fond de la malle du petit Eliacin... Dès lors, grande rumeur dans le collége!... Est-ce donc un hypocrite que cet enfant pauvre, fils de paysans dégradés par la misère, et qui se fait si sage... en apparence?... Des bruits malveillants circulent; de perfides soupçons sont répandus... On surveille le petit Pierre; on le tient dans l'isolement; on lui fait endurer mille avanies... Eliacin nie avec fermeté, mais en niant il rougit. C'est lui le coupable! Les maîtres eux-mêmes, ébranlés par les murmures des meilleurs élèves, ne savent plus que penser. C'en est fait du bonheur du pauvre enfant!

Sur ces entrefaites, un élève se plaint de la disparition de sa bourse généralement bien garnie. Une nouvelle perquisition a lieu, en secret, dans le silence, et le directeur trouve la bourse détournée enfoncée sous des cahiers d'études, dans le pupitre d'Henri, fermé à clef. C'est alors presque une émeute dans l'établissement. Henri est l'ami d'Eliacin : ces deux... pauvres sont unis par l'horrible défaut du vol. Il leur faut de l'argent, et ils le dérobent... Une maison comme celle de Pont-Levoy ne peut conserver des pick-pocquets cachés parmi ses élèves...

La sourde agitation qui résulte de ces événements fait de tels progrès que les chefs de l'institution doivent se réunir en conseil pour délibérer et prendre une décision relative aux deux misérables désormais perdus dans l'opinion de leurs camarades. On reconnaît qu'il est devenu flagrant que les deux fameux élèves, la perle du collége jusque-là, Henri de Rochebrune et Eliacin, ou plutôt Pierre Baré, si sournoisement modestes, si frauduleusement sages, ne sont que de vils tartufes, affectant tous les dehors d'une conduite exemplaire... pour mieux jouer leurs rôles de... voleurs!... On fait comparaître les deux suspects. Ils se renferment dans un système de dénégation absolue, car ils ne savent que dire pour leur défense. Mais cette dénégation, faite avec l'orgueil de l'innocence, sans larmes, sans soupirs, sans honte, est une preuve de leur culpabilité.

Aussi la sentence est portée; elle est inexorable : Henri et Pierre seront expulsés du collége! L'exécution devra se faire le lendemain, par l'envoi adressé rapidement à leurs mères de venir au plus vite reprendre leurs enfants...

IX

Non loin du bois de Lalou, dont nous avons parlé, il est un splendide vallon qui présente à l'œil du touriste une série de sites des plus pittoresques. Une petite rivière s'amuse à barrer le passage au large

ruban de la route blanche qui le sillonne,
et son obstination mutine à se représenter
toujours fait que l'on est obligé de l'enjam-
ber sans fin sur tout un chapelet de ponts.
Rien de plus charmant que les paysages
offerts par ses rives. Ce sont des pentes
boisées continues, capitonnées de roches
abruptes qui dominent le feuillage de figu-
res fantastiques, et constellées ici et là de
hameaux, de plusieurs villas et de quelques châteaux. Au milieu de tout ce brio
de nature, la rivière se joue à travers les
saules, les peupliers et les aulnes, murmurant, cascadant, s'endormant en lac et se
réveillant en rapides écumeux.

Parmi les castels ou distingue celui de
monsieur de la Taupinière, dont le domaine
s'étend jusqu'à Chisseau, et dont relèvent
la chaumière et la grange que nous avons
vues incendiées par le météore. Monsieur
de la Taupinière, hobereau des plus super-
bes, a pour fils unique et pour héritier de
ses grands biens, César—Gracchus de la
Taupinière, non moins superbe que lui.

Or, ce César-Gracchus de la Taupinière est élève de Pont-Levoy.

Presque tous les élèves du collége, témoins du malheur et de la ruine de la veuve Baré, lors de l'incendie de sa chaumière, ont été chauds partisans de l'adoption du petit Pierre pour leur *fils* et camarade au collége. Il y a eu de très rares exceptions. Parmi ces exceptions, nous devons compter le César-Gracchus de la Taupinière en question.

Je ne saurais dire avec quelle répugnance, ou plutôt avec quelle indignation le fier César s'est vu donner pour camarade, c'est-à-dire pour égal, au collége, le petit paysan Pierre. On a eu beau décorer Pierre du surnom d'Eliacin, pour lui Pierre est le fils de la Baré, sa vassale, son homme-lige à lui, César! Et ce Pierre a l'audacieuse hardiesse de recevoir, à Pont-Levoy, la même éducation que lui, les mêmes enseignements, sur les mêmes bancs, de la bouche des mêmes maîtres, sous le même costume uniforme! Aussi César déteste

cordialement Eliacin, car, pense-t-il, c'est
le monde renversé!...

Jugez donc avec quelle volupté notre
gentilhomme en herbe se frotte les mains
de joie en voyant que le petit paysan
Pierre est chassé du collége et renvoyé à
ses moutons !...

Notez bien d'autre part que César de la
Taupinière est le plus piètre élève des
lycées des deux mondes. Sans intelligence, sans distinction aucune, abruti par
l'orgueil, confiant en lui-même à l'excès,
ce triste sujet que ses condisciples dédai-
gnent, met toute sa valeur à parler de sa
fortune, des splendeurs de sa maison, de
la vaisselle et des bijoux de sa famille, de
ses chevaux, de ses chiens, de ses ancê-
tres, des de la Taupinière!... En attendant,
il ne fait rien pour soutenir leur nom, car
paresseux sur toutes choses, il est toujours
le dernier de sa classe. A cette façon d'ê-
tre aussi a-t-il gagné le surnom très signi-
ficatif de l'*Ecrevisse d'or*. Eh bien! voyez
jusqu'où l'orgueil conduit l'homme et l'a-

veugle : César ne dresse que mieux la tête,
en s'entendant ridiculiser par les affreuses
épithètes de *cancre, etc.*, et il riposte avec
effronterie :

— C'est bon pour vous autres, ce fatras·
de grec et de latin. Mais moi, César-Gracchus de la Taupinière, ai-je besoin d'un
pareil grimoire ?...

Il a pris bien autrement en haine Henri
de Rochebrune, d'abord à cause de ses
succès et de son véritable mérite, mais
encore surtout parce qu'il sait que les de
Rochebrune sont de haute et pure origine
nobiliaire. On sent en effet le gentilhomme
de race dans Henri, et on voit briller en
lui les qualités généreuses d'une aristo-
cratie sans alliage. C'est ce qui irrite davantage de la Taupinière. Aussi quel n'a
pas été son délire, son vertige de bonheur
quand le hasard lui a révélé que Henri est
pauvre, qu'il est ruiné par les fâcheuses
opérations de son père. Oh ! alors, il jure
de le faire bafouer, outrager par ses condisciples, et il n'épargne rien dans ses

conspirations avec ses pareils pour compromettre et perdre le fils de Régina.

Donc Henri et Eliacin sont exclus du collége de Pont-Levoy.

Mais le matin même du jour où les terribles lettres, écrites dès la veille, vont être expédiées à madame de Rochebrune et à la veuve Baré, les notes générales des élèves du collége doivent être lues dans la grande salle des exercices, en présence de tous les élèves, du corps entier des professeurs, du directeur et de l'inspecteur de l'Académie de Paris, alors en tournée.

Déjà l'assemblée est au complet, et le directeur monte dans la tribune d'où sa voix magistrale va distribuer l'éloge et le blâme. Tout-à-coup un murmure étrange, un bourdonnement sans nom se fait entendre dans la salle. Il semble qu'un courant électrique galvanise tous ceux qui composent l'assistance, maîtres et disciples. Enfin, une formidable explosion de rires éclate soudainement, sortant de toutes les poitrines. Les plus graves professeurs, eux aussi, s'abandonnent à une exhilarante humeur qui met le chef de l'établissement dans la plus fausse position. Embarrassé, ne sachant que dire, tout en dodelinant sa tête blanche avec un tic nerveux des plus agaçants, il laisse errer son regard vitreux sur la marée humaine qui déferle à ses pieds. Enfin l'inspecteur, qui sans doute, tout en souriant lui-même, prend pitié de sa misérable situation, lui désigne du bras une immense pancarte appliquée sur l'un des panneaux de la boiserie qui lui fait face. Cette pancarte représente en couleurs très naturelles un collégien en pied, debout, dans une attitude et une désinvolture très connues, avec un port de tête hébété si bien compris, si parfaitement rendu, des yeux glauques si vrais, en un mot avec une physionomie niaise, expression sublime de bêtise orgueilleuse, que tout chacun de dire :

— César-Gracchus de la Taupinière!

En effet, dans l'ensemble du tableau, une morgue superbe broche sur cette bêtise humaine si admirablement portraitée, qu'il est impossible de ne pas reconnaître le de la Taupinière.

Un professeur initie l'inspecteur au secret de la scène, et lui montre l'original, en face de sa copie.

Lui-même, le stupide et méchant gentillâtre, en reconnaissant son individu, dit à l'un de ses voisins, avec un air de jubilante satisfaction :

— Tiens! mais c'est moi, César de la Taupinière, qu'ils ont représenté là!

Il n'a pas encore lu, le nigaud, la légende qui accompagne le portrait, légende inscrite dans un cartouche formé d'un âne, à droite, et d'une oie, à gauche, laquelle légende est ainsi conçue :

« LA CONQUÊTE DES GAULES PAR CÉSAR! »

Or, César-Gracchus de la Taupinière est représenté au naturel, avons-nous dit. Mais, comme accessoires, l'artiste lui a mis dans chaque main une grande gaule armée d'une ligne et de son hameçon. Puis, à

chacune de ces *gaules* qui cherchent fortune et *conquête*, sont accrochées, à celle
de droite une montre en or, avec le nom
d'Eliacin, et à celle de gauche une bourse
richement gonflée, avec le nom de Henri.

L'allusion est évidente, personne ne demande l'explication du rébus.

Seul, le directeur, dont l'esprit est immédiatement porté vers les commentaires
de César, le conquérant des Gaules, et
dont les yeux ont regardé d'abord la légende avant de voir le dessin, hésite un
instant. Mais apercevant et reconnaissant
enfin César, le pêcheur à la ligne et les
objets étiquetés dont ses gaules font la
conquête, il prend un visage sévère et dit
d'une voix forte :

— Que signifie cette caricature, Messieurs ?... Voilà une exécution faite à un
pilori nouveau qui est toute à la gloire
de celui qui l'a crayonnée, mais qui fait
honte à celui qu'elle trahit, si véritable-
ment il est coupable, comme ce croquis
l'en accuse !... Car, que peut avoir de com-

mun César de la Taupinière avec... les objets qu'il semble avoir pêchés à la ligne ?...

— Cela veut dire que c'est lui, César, qui les a... volés, monsieur le directeur... crie une voix sourde, arrivant dans la salle des exercices par une bouche de calorifère...

— La scène se complique, et de la comédie tourne à la tragédie... dit aux maîtres qui l'entourent l'inspecteur, d'autant plus émotionné qu'on a dû lui faire part du cas de Pierre Baró et d'Henri de Rochebrune.

Quant aux élèves, l'immense majorité rit sous cape, en voyant que le mot de l'énigme sera donné sans doute par le sylphe caché et fera la justification des élèves qu'elle chérit.

— Qui donc répond aussi mystérieusement ? demande le directeur, dont la sagacité ordinaire est en défaut, car il ne devine pas encore d'où lui vient la réponse à son interrogatoire.

— Un élève caché, un complice de César, mais un complice qui ne veut pas que des innocents... soient expulsés à la place des... vrais coupables...

— Voici qui devient très grave... murmure l'inspecteur.

— Nous sommes en présence d'un mystère qui doit être éclairci sur l'heure... Qui êtes-vous ?... reprend le directeur, au milieu du silence et de l'étonnement général.

— L'auteur du portrait de César... Un *nain connu !* répond la voix, en soulignant les derniers mots.

— Précisément parce que vous êtes un *inconnu* pour moi, je tiens à savoir votre nom... Donc vous me le direz ailleurs... Quant à vous, César de la Taupinière, que répondez-vous à cette accusation présentée sous une forme très originale, je l'avoue, mais qui n'en articule pas moins votre culpabilité ?... continue le directeur, satisfait d'être éclairé à temps sur cette ténébreuse affaire.

César ne répond pas... Fier d'abord d'ê-
tre aussi bien portraité, il finit par comprendre enfin l'importance de la chose. Sa
gloire se convertit en ignominie. Aussi,
rouge de honte sous le regard des élèves
qui plonge sur lui, et effrayé du sourd
murmure qui commence à gronder, blême,
tremblant, confus, le gentillâtre se lève
gauchement à l'appel de son nom... Il ouvre même la bouche, mais de cette bouche
béante ne sort aucune parole.

— César de la Taupinière, ce dessin
vous accuse énergiquement d'être le con-
seiller peut-être, peut-être aussi l'auteur
du vol d'une montre et d'une bourse, vol
dont d'adroites suggestions ont chargé
d'autres élèves que je m'abstiens de nom-
mer, mais qui, grâces à Dieu ! sont innocents... paraît-il... dit alors solennellement
le directeur. Nous étions au moment de
commettre une affreuse injustice, égarés
que nous nous trouvions par les bruits cri-
minels mis en circulation. Il est de notre
devoir de nous assurer immédiatement de

la vérité, et il est de votre devoir à vous de nous la dire, s'il vous reste encore quelque sentiment d'honneur. Les deux élèves en question doivent être renvoyés dans leurs familles. Ne seraient-ils donc pas les coupables? Parlez!

César veut répondre; il remue ses lèvres; elles ne font entendre qu'un son inarticulé.

— Ayez le courage de votre faute, César, si tant est que vous l'ayez commise. Sinon, protestez... dit encore le directeur.

— Eliacin... et... Henri... sont... innocents, Monsieur!... balbutie enfin de la Taupinière.

—Alors, c'est avouer que vous êtes le voleur, vous? continue le chef de l'établissement. Achevez donc votre confession : reconnaître votre... crime, c'est commencer à le réparer. Relevez-vous autant que possible dans l'esprit de tous ces juges qui vous entourent, car en cet instant tous ces élèves sont vos juges, en disant ici dans

quel but vous avez fait tomber des soupçons, que dis-je? une accusation de lar-
ronnerie sur ces deux élèves, les plus sages précisément de notre collége?

— Par jalousie d'abord, puis par colère,
et enfin par haine !... je tenais à les faire...
chasser... ose répondre César.

— Chasser des innocents, et cela à cause même de leur sagesse et de leurs talents !... Et nous avons été sur le point de
consommer cette iniquité !... Je remercie
Dieu de nous avoir envoyé ses lumières...
Mais dès-lors la peine qui menaçait de
pauvres innocents, indignement calom-
niés, à la veille de perdre leur unique res-
source, l'honneur! doit retomber sur le
coupable !... Me comprenez-vous?... s'é-
crie le directeur avec feu.

César se tait, baisse la tête, rougit encore et verse des larmes.

X

Après cet aveu du coupable, ami lec-

teur, vous voudriez connaître sans doute
la scène qui se passe dans la grande salle
des exercices du collége de Pont-Levoy.

Henri de Rochebrune et Eliacin sont
portés en triomphe. Leurs camarades les
rendent héros d'une ovation chaleureuse.
C'est à qui les embrassera, leur serrera les
mains, des maîtres et des élèves. Vainement ils se défendent de toute félicitation,
en disant qu'ils n'ont pas à se glorifier
d'avoir été fidèles à l'honneur et au devoir que trace la conscience; pendant la
récréation qui suit la séance mémorable
de leur réhabilitation, les étudiants des
classes supérieures et des divisions de second ordre les complimentent, et par mille
témoignages d'estime et d'affection, par
cent protestations d'éternelle amitié, sem-
blent vouloir effacer la honte de la suspi-
cion dont ils ont été l'objet.

Mais l'enthousiasme de nos collégiens
s'accroît bien davantage encore quand
l'inspecteur leur apprend que l'excellent
Henri et le charmant Eliacin sont venus.

dans l'ombre et le silence, en cachette tout-à-fait, solliciter la grâce de César de la Taupinière, et... par les instances les plus pressantes, l'ont... obtenue, comme témoignage de profonde satisfaction à leur égard.

Toutefois César ne reste pas au collége. Sa fausse position le met trop à la gêne, et il obtient bientôt de son père d'être envoyé dans une obscure institution de petite ville de province, où il pourra lever la tête et se proclamer un de la Taupinière !

Quant au mystérieux artiste du croquis révélateur du crime, à l'habile orateur faisant entendre sa voix à travers les bouches du calorifère, il a su si bien dissimuler toute trace de sa ruse, que jamais son nom n'arriva à la publicité.

Après ce drame du collége de Pont-Levoy, les études y reprennent de plus belle, et notre Henri déploie tant de courage au travail que, chaque jour, on peut

annoncer à son heureuse mère les plus
brillants succès.

Notre aimable Tourangelle d'Amboise,
Régina de Rochebrune, qui n'a rien su
de la cruelle aventure de son fils, à la
prière d'Henri lui fait bientôt une surprise
si précieuse pour son cœur d'enfant, que le
brave élève se sent chauffé à blanc et voudrait n'interrompre ses études ni jour ni
nuit. Elle a envoyé à son fils bien-aimé,
parfaitement casée dans une jolie boîte à
secret et magnifiquement encadrée, sa
photographie, une de ses photographies
si admirablement réussie, que désormais
l'enfant peut voir sa mère à toute heure,
la contempler à l'aise et dire en toute vérité que madame de Rochebrune habite
avec lui le collège.

A cette vue, Henri est devenu fou de
joie, dans son for intérieur, et il a baisé
dix mille fois ces traits chéris. Aussi écrit-
il à sa mère des extravagances d'amour
qui témoignent du bonheur dont elle a
inondé son âme...

De son côté, Fernande, notre jolie Fernande de Rochebrune, dans son institution Darcelle, à Tours, s'est appliquée de telle sorte que ses progrès font l'orgueil et la joie de ses maîtresses, en extase devant son zèle et ses excellentes qualités.

Comme à Henri, un coffret mystérieux, mystérieusement arrivé, mystérieusement ouvert, lui a mis subitement sous les yeux les nobles traits, la charmante figure de sa mère. Elle a pu lire et savourer son amour maternel jaillissant de son regards glissant de ses lèvres, s'échappant de son sourire, et, ivre de bonheur, elle a placé cette fois son idole, une idole vraie, sur l'autel du petit sanctuaire que vous savez. Fernande a été l'héroïne de délicieuses petites histoires qui ont fait bruit dans l'intérieur de sa pension, et en ont même franchi le seuil; mais les raconter ici me conduirait si loin, que je n'ose en commencer le récit...

XI

Le bienheureux 10 août vient de sonner aux timbres de toutes les horloges de France et de Navarre.

Aussitôt les tambours des lycées, des colléges et des institutions d'étudiants, les cloches de toutes les pensions, de tous les couvents, de toutes les écoles de jeunes filles, proclament la venue des vacances, et à cette formidable explosion, à cette marée montante, à cette trombe beuglante, à ce tintamarre si longtemps attendu, colléges, prytanées, écoles, internats, externats, officines et laboratoires, ouvroirs et asiles de toutes sortes ouvrent leurs écluses.

Aussi quel remue-ménage à Paris, à Tours, à Pont-Levoy, dans tout l'empire français ! Voyez comme le remous de la foule devient plus fort, et comme les rues se remplissent de tous ces affluents qui

leur versent des flots d'élèves des deux
sexes maigris, étiolés, hâves et jaunis par
dix mois de... captivité. J'allais dire par
dix mois de travail! Nenni. Je me retiens,
j'arrête ma plume qui se crispe d'horreur
au mot : Travail! par sympathie pour ces
pauvres martyrs.

Non, certes! tous n'ont pas travaillé,
tant s'en faut! Les cinq sixièmes de ces
élèves n'ont eu le derrière collé sur les
bancs que... pour la forme. Ils étaient con-
damnés par leurs parents à un séjour au
collége ou à la pension, et ils ont dû exécuter la sentence. Mais s'ils ont eu quelque mérite dans le lieu de leur réclusion,
les réfectoires seuls, et les salles de récréation encore, en ont été les témoins... Quant
aux classes, aux salles d'étude, ils n'y ont
eu d'occupation réelle que de lustrer les
tables sous leurs coudes, de délustrer
leurs culottes sur les bancs, et d'illustrer
leurs livres et leurs cahiers de rébus et de
potences à l'adresse des professeurs, choses fort en usage parmi les paresseux.

Hélas! dans l'avenir, à un temps donné, que de *fruits secs!* c'est le nom qu'on applique aux élèves lorsqu'ils n'arrivent pas au succès dans leurs examens, soit pour les baccalauréats, soit pour les écoles du gouvernement. Mais ils l'ont bien voulu, ces tristes étudiants; et s'il leur devient impossible de se frayer un chemin vers une carrière quelconque, à qui la faute?

Toutefois, avant que ce déluge de lycéens, de collégiens, de pensionnaires ne couvre le sol de France de leurs vagues mouvantes, luit d'abord un beau jour solennel et saint, le jour du triomphe pour l'élève laborieux; mais aussi apparaissent les fourches caudines, l'escalier des gémonies, l'heure de la honte et de la confusion pour l'indolent; en un mot, se présente la distribution des prix, théâtre de gloire ou pilori d'ignominie.

A Pont-Levoy, ce n'est pas dans la grande salle des exercices que les prix sont remis aux élèves. La nature y est trop riche et trop belle, le sol trop pittoresque

et trop accidenté, le soleil trop brillant et
l'azur du ciel trop pur pour ne pas les mettre de la fête et se renfermer à pareil jour
entre des murs ternes et gris. C'est dans le
parc même du collége, dans sa clairière la
plus fraîche, que l'on dispose une estrade
dont l'ornementation s'allie de style avec
l'aspect romantique du site champêtre que
l'on choisit. En face de l'estrade que couvre un immense tapis semé de fleurs, sur
laquelle s'étagent des siéges d'or et de
pourpre, que décore surtout une très longue table richement drapée, chargée des
récompenses destinées aux travailleurs et
couronnée à une grande hauteur d'un *velum*
de soie bleue frangée d'argent que lutine
la brise ; en face de cette estrade, dis-je,
on a dressé des gradins circulaires que
devront occuper les nombreux élèves. Au
centre, on voit debout les pupitres, et
épars ici et là les instruments de l'orchestre. Enfin, entre l'estrade et les gradins,
à droite et à gauche, sont établies avec
un goût parfait d'élégantes tribunes desti-

nées aux familles, et dont les draperies voltigent au vent et se marient d'une façon charmante avec les feuillages et les ramures des arbres séculaires du parc. Dans tout le pourtour, des écussons finement peints et appliqués aux troncs des chênes, des hêtres et des frênes, célèbrent par leurs devises le travail, le succès, les triomphes et la gloire des travailleurs.

C'est à dix heures du matin, le moment le plus propice du jour, et afin de permettre aux familles de regagner leurs foyers le soir même, qu'a lieu la solennité. Dès huit heures, les équipages, berlines, carrosses, calèches, véhicules de toute sorte, arrivent par la grande avenue du parc, amenant pères, mères, frères, sœurs, amis des élèves, tous ceux qui s'intéressent à leurs études et désirent en connaître les résultats. Rien de plus mouvementé que ce défilé de landaus, d'américaines, de victorias, de berlingots tourangeaux, voire même de classiques chars-à-bancs, d'où descendent les dames en toilettes éblouis-

santes, les jeunes filles en atours de délicieuse fraîcheur, et tous les parents, dont
les fronts respirent la bonne humeur et la
joie.

Car la distribution des prix, après toute
une année, une longue année de travail,
pendant laquelle on a suivi avec anxiété
les progrès et les efforts des enfants, c'est
la fête des pères, c'est la fête des mères,
c'est la fête des familles! Qui ne conserve
au fond de son cœur une espérance se-
crète pour son fils et sa fille, en ce jour
d'émotions vibrantes où les ovations réservées à l'enfance sont déguisées même
sous le nom d'encouragements?...

Déjà la brillante estrade est émaillée de
magistrats, de membres du barreau, du
clergé, d'artistes, de gens de lettres et
d'hommes de tous les rangs et de toutes
les hiérarchies. Déjà les tribunes sont con-
verties en un vaste amphithéâtre de fleurs
humaines, ce sont les mères des élèves,
mélangées ici et là de visages sévères, ce
sont les pères. Tous les élèves sont assis

sur leurs gradins. Comme leurs yeux se dirigent souvent sur les pyramides de livres qui sont placées au centre de l'espace! Comme leurs cœurs battent à la pensée d'être couronnés en présence de leurs mères et de leurs sœurs! Comme leurs poitrines se gonflent quand ils songent que leurs noms vont être publiés aux oreilles de cette foule empanachée, devant ces hommes en habits noirs que décorent les insignes de l'honneur et de la vaillance !

Enfin l'orchestre fait entendre une ouverture mélodieuse dont l'effet est d'autant plus ravissant que, sous les voûtes des grands arbres, en plein air, les échos du bois redisent ces joyeux accords, et que les brises portent au loin ces trombes d'harmonie qui dominent toutes les rumeurs des champs.

Pendant ce prélude du triomphe, les jeunes étudiants cherchent à découvrir dans l'immense mosaïque animée de tous ces visages amis, qui s'étalent sous les courtines des tribunes, leurs parents et leurs amis. Les découvrent-ils? aussitôt que les regards se rencontrent, les têtes jubilent et des rayons de tendre affection s'entrecroisent sans fin.

Mais parmi eux, celui dont le cœur est le plus ardent, l'âme plus anxieuse, le cœur plus palpitant, c'est assurément notre Henri de Rochebrune... Hélas! il est trompé dans son attente! Vainement son œil a sondé toutes les profondeurs, plongé dans tous les angles, examiné toutes les surfaces, nulle part il ne voit sa mère, sa reine, cette mère si impatiemment attendue!

La musique termine à peine la fanfare qui a suivi le discours prononcé par le même inspecteur que nous avons vu siéger dans la grande salle des exercices, lors de la terrible aventure qui menaçait nos deux héros, lorsque le directeur annonce que le prix de sagesse a été décerné par le suffrage de tous les élèves réunis aux deux étudiants Henri de Rochebrune et Pierre Baré, surnommé Eliacin.

Ces deux noms sont encore sur les lèvres de celui qui les prononce, que déjà les huit cents mains des élèves de toutes les classes applaudissent à outrance, et avec un tel entrain que l'orchestre est réduit à l'impuissance d'entamer son hymne triomphal.

A l'appel de leurs noms, nos deux enfants, qui sont voisins l'un de l'autre, se lèvent sans trop d'empressement et modestes dans leur allure, montent sur l'estrade et vont s'incliner devant le président de la fête. Mais alors nul ne s'occupe de placer les couronnes sur leurs fronts et de leur remettre les ouvrages splendides qui leur sont réservés comme prix de leur mérite...

Quel n'est pas l'étonnement de nos deux lauréats, lorsque, tout-à-coup, voici venir à eux leurs mères, l'humble veuve Baré en simple mais très propre déshabillé de province, et madame de Rochebrune en

toilette sévère du meilleur goût, suivie de
sa chère Fernande !... C'est le directeur
lui-même qui est allé chercher, et qui
amène les deux femmes et la jeune fille,
pour occuper au premier rang de l'estrade
trois places réservées jusque-là...

Emus, tremblants, nos deux héros, sans
nul souci de l'assistance, se jettent dans
les bras de celles qui leur ont donné le
jour, et qu'ils vont enivrer de bonheur...

— Par une exception qui proclame hau-
tement la grande estime que nous faisons
de ces élèves, dit aussitôt le directeur
d'une voix sonore et empreinte d'une affection paternelle, nous avons voulu qu'ils
fussent couronnés par leurs mères. L'honneur des enfants rejaillit ainsi sur les parents... Veuillez donc, madame de Rochebrune, remettre vous-même cette couronne
et ce prix à votre cher fils, dont la conduite vous présage un heureux avenir; et
vous, notre bonne voisine, offrez la même
récompense à votre petit Eliacin, votre
bien-aimé Pierre Barré. A lui aussi vous

devrez là gloire et la félicité de vos vieux
jours... Jamais encore nous n'avons trouvé
dans aucun élève plus d'application, plus
de persévérance et de zèle à bien faire, et
partant plus de succès remarquables, que
dans ces deux excellents sujets...

Un puissant, un formidable hourra de
clameurs enthousiastes couvre ces dernières paroles, et c'est au bruit de ce tonnerre de bravos de leurs condisciples s'é-
criant : Vive Eliacin !... vive Henri de Rochebrune !... et aux accords d'une musique joyeuse, que nos deux amis sont couronnés par leurs mères chéries, une grande
dame et une simple paysanne tourangelle,
toutes deux pauvres, mais toutes deux
bien heureuses de posséder de tels fils !

Qu'importe la pauvreté?... Plus on s'é-
lève au-dessus de sa misère par sa noble
conduite et ses généreux sentiments,
plus on monte dans l'opinion des hommes...

Disons de suite, pour en finir, que dans
le cours de cette distribution des prix, dix

fois les noms de nos chers lauréats sont proclamés dans toutes les facultés, et dix fois prix et couronnes leur sont remis tantôt par l'archevêque de Tours, présent à la cérémonie, tantôt par le général qui commande le département de Loir-et-Cher, tantôt par l'inspecteur délégué de l'Académie de Paris. Tous leur adressent les paroles les plus encourageantes et les pronostics les plus favorables. Néanmoins, malgré l'honneur dont ils sont l'objet et l'enthousiasme sympathique de leurs camarades, Henri et Eliacin restent humbles et modestes. Aussi obtiennent-ils des regards noblement envieux de toutes ces familles...

Pour eux, du reste, la véritable récompense qu'ils reçoivent leur vient du bonheur ineffable qui rayonne dans les yeux de Régina de Rochebrune et de la brave mère Baré...

Quel doux espoir pour l'avenir, après un pareil début !

Ai-je besoin de dire que déjà, la veille,

dans son institution de Tours, la gracieuse Fernande, après avoir obtenu son premier diplôme dans un brillant examen, a fait aussi une ample moisson de récompenses et d'éloges?

— C'est à Amboise, dans notre cottage, cher petit Eliacin, que tu vas venir passer tes vacances, avec notre Henri... dit madame de Rochebrune au petit Pierre. Oh! ne t'en défends pas! ta mère y consent, et d'ailleurs elle aussi vient avec nous passer cet heureux temps en famille, c'est convenu. Nous allons partir, voici la voiture qui vient nous prendre...

— Que tu me récompenses généreusement, mère, et que tu as bien lu dans mon cœur!... s'écrie Henri. Entre toi et ma Fernande, avec Eliacin et nos amis du cottage, que je vais donc être heureux!

XII

C'en est fait, les portes du collège sont ouvertes à deux battants. On peut entrer et sortir, rien n'arrête plus nos jeunes étudiants de tous les âges. Le farouche cerbère qui garde les barrières s'humanise même au point de laisser voir un sourire. Les murailles, d'ordinaire grises et ternes, du vieil établissement, se voilent sous des guirlandes pour fêter le départ. Un tapage sans nom s'échappe de l'antre dont la Science déserte pour un temps le trépied.

Et l'on s'en va, joyeux, avec de splendides horizons en perspective, l'horizon des vacances !...

Vacances ! oh ! pour en jouir, il faut les avoir méritées ! Tel fut le lot d'Henri et d'Eliacin.

Dans les années qui suivirent, nos deux jeunes amis continuèrent à parcourir à pas de géant la carrière des études. N'avaient-ils pas pour but de faire le bonheur de leurs familles ? Avec un semblable stimulant, de nobles cœurs opèrent des prodiges.

Vous ne serez donc pas surpris d'apprendre que Pierre Baré, adopté bientôt

...par le ministre de l'instruction publique à raison de ses rares dispositions, et après avoir été le plus brillant élève de l'Ecole Normale, occupe maintenant la chaire de rhétorique dans le lycée de l'une de nos premières villes de France.

Quant à Henri de Rochebrune, sorti le premier de l'Ecole Polytechnique, il pouvait devenir de prime-saut officier du génie militaire, car il avait droit à ce titre. Mais alors que seraient devenus, pour lui, et sa mère, et sa sœur, et son cottage d'Amboise ?... Il a préféré accepter la direction de l'une des plus fameuses usines des bords de la Loire, qui lui fut offerte par le gouvernement. Là, dame Fortune l'enrichit de ses dons, et, après Dieu, Régina de Rochebrune et la très aimable Fernande sont à jamais l'objet de son culte, dans le cottage même, où ils résident tous et sont tous heureux.

L'ESPOIR TROMPÉ.

Un bon curé venait souvent visiter l'école du village ; il aimait les enfants, surtout ceux qui se montraient honnêtes et studieux, et leur distribuait lui-même de petites récompenses. Un jour qu'il était assez content de tous, il leur dit : — Mes enfants, j'ai obtenu de monsieur le juge de paix la permission pour vous et pour moi de visiter son beau jardin, qui est à deux lieues d'ici ; continuez de vous bien conduire, et jeudi prochain nous ferons ensemble cette promenade. Vous avez entendu parler des plantes rares et des arbres étrangers que renferme ce jardin, vous pourrez voir tout cela de près, et même si vous êtes bien sages en sa présence, monsieur le juge de paix vous permettra de rapporter de belles fleurs, telles que vous n'en avez jamais vu. A jeudi prochain ; nous nous réunirons à huit heures.

La joie fut grande parmi les enfants.

— Quel bonheur, disaient-ils, de visiter ce beau jardin ! Oh ! nous voulons nous bien conduire pour mériter d'y aller une autre fois. Mais jeudi, c'est bien loin ; que n'est-ce demain ? que n'est-ce aujourd'hui, à l'instant même ?

— Il faut savoir attendre le plaisir, leur dit le bon curé ; tâchez d'être calmes et patients.

L'heureux jour parut enfin. Longtemps avant l'heure dite, les enfants étaient au rendez-vous, joyeux et revêtus de leurs plus beaux habits. Il faisait un temps magnifique : dès que monsieur le curé fut arrivé, ils voulurent se mettre en route.

— L'heure n'est pas encore venue, leur dit-il, vous avez trop d'impatience.

Enfin il prit sa canne et son chapeau et ouvrit la porte. Au même instant un messager de monsieur le juge de paix entra dans l'école et dit à monsieur le curé, de la part de son maître, qu'il le priait de recevoir ses compliments et ses excuses, et de remettre à un autre jour la partie de promenade, attendu qu'une indisposition subite le retenait au lit et ne lui permettrait pas de l'accompagner, ainsi que les petits enfants.

Cette nouvelle fut un coup de foudre pour nos écoliers; la tristesse et l'abattement se peignirent sur leurs visages tout-à-l'heure si joyeux et si animés.

— Est-il possible! disaient-ils; nous n'irons point! quel malheur! avec un si beau temps! faut-il que monsieur le juge soit tombé malade justemement ce matin!

Monsieur le curé les fit rentrer à l'école, et voulut remplacer par une instruction solide le plaisir perdu. Dès qu'ils furent tous en place, il leur dit :

— Je suis fâché pour vous du contre-temps qui vous arrive, et je partage votre peine; mais si vous voulez m'écouter avec attention, je vous dirai quelque chose qui peut-être en adoucira l'amertume. Vous

êtes trop jeunes pour vous faire une idée
juste de la vie qui vous reste à parcourir;
mais je puis vous assurer que le petit malheur d'aujourd'hui se renouvellera plus
d'une fois pendant le cours de votre existence; plus d'une fois vous aurez à gémir
sur des espérances trompées, sur des désirs déçus, et votre joie sera changée en
tristesse. Toutes nos satisfactions ici-bas
tiennent à mille petites circonstances qui
nous dominent; l'événement heureux sur
lequel nous comptions n'arrive pas, et
c'est un accident que nous n'avions pas
prévu qui vient à sa place détruire tous
nos plans de bonheur ou de fortune; la vie
est toute faite de ces malheurs et de ces
déceptions : tantôt le bien qu'on croit déjà
tenir prend les ailes de l'aigle et s'envole
bien loin; tantôt le mal que l'on ne craignait pas fond sur nous avec la rapidité
de la foudre.

Rien ne serait plus misérable que la vie
humaine, si la foi en Dieu, la résignation,
la patience, ne se mêlaient à ces eaux

amères pour les adoucir. Vous croyez tous
en Dieu, mes enfants, et vous l'appelez
votre père; eh bien! croyez qu'il règle tout
avec sagesse, et accoutumez-vous à voir
sa main paternelle dans les contre-temps
qui vous arrivent. Cette manière de voir
les choses vous épargnera bien des serrements de cœur, bien des regrets, bien des
larmes; elle vous consolera dès aujour-
d'hui, si vous le voulez.

Descendez en vous-mêmes et dites-moi
si la joie de visiter le beau jardin était
chez vous une joie calme et modérée? non,
assurément; je vous ai déjà fait de sérieux
reproches, et vous le sentez vous-mêmes
à l'amertume de vos regrets. Eh bien! que
ceci vous apprenne à mettre plus de mesure dans vos désirs : la leçon ne sera pas
trop achetée si elle vous profite, car un
seul malheur vous donnera plus de force
pour en supporter bien d'autres, en vous
y préparant par une salutaire expérience.

Sans porter si loin vos regards dans
l'avenir, il est possible encore que cet ac-

cident qui vous contrarie soit pour vous
un bonheur, car le temps peut changer
dans une heure d'ici; un orage peut éclater : la pluie vous aurait surpris en route,
et vos plus beaux habits auraient été gâtés.

Peut-être quelqu'un de vous trouverait-
il, en rentrant à la maison, quelque grand
sujet de joie dont notre petite promenade
l'aurait privé.

Peut-être aurez-vous l'occasion de faire
tout-à-l'heure une bonne œuvre que vous
n'auriez point faite dans le jardin de monsieur le juge de paix, où vous auriez plutôt
foulé des plantes précieuses et brisé des
cloches de verre. .

Peut-être... Mais, comme je vous l'ai dit,
les trésors de la bonté divine sont impéné-
trables. Il nous suffit de savoir que sa pro-
vidence nous mène souvent à des fins di-
gnes d'elle par des voies que nous n'au-
rions pas choisies. Tel événement qui,
dans nos faibles vues, nous paraît contraire à nos intérêts, tourne précisément
à notre bien, soit dans cette vie, soit dans

l'autre; car Dieu sait mieux que nous ce qui nous est bon. Nos désirs ne se rapportent guère qu'aux choses présentes; Dieu, qui voit plus loin, nous fait manquer le but de nos espérances pour nous en faire atteindre un plus élevé : l'essentiel est de savoir s'abandonner à la conduite d'un si bon guide.

Apprenez donc, mes chers enfants, l'art difficile de se vaincre soi-même, c'est-à-dire de résister à l'ardeur impétueuse de ses désirs, et de soumettre sa volonté propre à la volonté divine. Si, dès aujourd'hui, vous offrez au ciel la petite contrariété qui vous arrive, ce sera un grand pas de fait dans la voie du bonheur : on ne peut s'accoutumer trop tôt à ces sortes de sacrifices, dont la récompense ne se fait jamais attendre; car il me semble que si vous m'avez bien compris, vous avez déjà trouvé dans ce peu de paroles de quoi vous consoler de notre partie manquée.

FIN.

TABLE.

—

FIN DE LA TABLE.

Limoges — Imp. E. Ardant et Cie.

www.ingramcontent.com/pod-product-compliance
Lightning Source LLC
Chambersburg PA
CBHW070905030726
47504CB00005B/1460

* 9 7 8 2 0 1 3 7 4 9 6 1 9 *